alcalá

DANIEL FERMANI

LA ÚLTIMA NOCHE
EN QUE TAMPOCO HABLÓ

ALCALÁ LA REAL
ALCALÁ GRUPO EDITORIAL
2010

Colección Narrativa
Director:
Rafael Ceballos Atienza

Fotografía de portada: Miseno Aramburú

© Daniel Fermani
© Alcalá Grupo Editorial y Distribuidor de Libros.
Edita: Alcalá Grupo Editorial y Distribuidor de Libros.
Pol. Ind. El Retamal. Parcela 6. Vial B
23680 Alcalá la Real (Jaén)

Telfs. 953 58 53 30 – 902 108 801 - Fax 953 58 53 31
info@alcalagrupo.es
www.alcalagrupo.es
ISBN: 978-84-15009-10-8 - D.L.- J-1430-2010
Diciembre 2010
Imprime: Formación Alcalá, S.L. 953 58 43 94

Daniel Fermani

LA ÚLTIMA NOCHE
EN QUE TAMPOCO HABLÓ

Al mio amico Paolo,
seduti entrambi nel suo bel giardino,
a Porto Santo Stefano

Cualquier cosa o persona que cae
a través del horizonte de sucesos,
pronto alcanzará la región de densidad infinita
y el final del tiempo.

Stephen Hawking,
Historia del Tiempo

Lo conocí una noche de mayo. El invierno austral ya se anunciaba en el viento que desprendía hojas secas de los grandes plátanos y carolinos de las calles en la pequeña ciudad donde yo vivía, en el extremo oeste de la Argentina. Hasta en la misma noche sin estrellas podían divisarse los recortes dentados de las altas montañas que nos custodiaban, ya nevadas y sin embargo siempre penumbrosas, con un resplandor silencioso y dominante sobre ese pueblo asfixiado por las postrimerías de una dictadura.

Había pocos modos de entretenerse en esas noches previas a las grandes heladas, y a veces la soledad de las calles en los barrios viejos inducía únicamente a escuchar los propios pasos reverberando en las vetustas fachadas y en el fondo de las desmoronadas acequias ya atiborradas de hojas secas. Todo se había puesto color ocre y se iba volviendo transparente a medida que la estación avanzaba hacia el frío. En un país silenciado a la fuerza desde hacía años, los pasos de un hombre solo en una calle podían ser tan aterradores como amenazantes.

Salí del pequeño cine arte donde acababa de ver por cuarta o quinta vez Nosferatu el vampiro, quizás no tanto por mera pasión cinéfila, sino por hastío, por el ansia de escapar de la realidad a través de una de las únicas ventanas que había dejado entreabiertas la represión: el cine.

Hundí mis manos en los bolsillos de la campera y sentí cómo mis hombros intentaban acercarse a la nuca para soslayar el aire afilado de la noche fuera de la pequeña sala del cine, cuando una voz junto a mí dijo:

–Sin embargo, el vampiro eran tan sensual como aterrador. Bueno, tal vez son sinónimos.

A mi costado caminaba un hombre joven que yo no sabía que se llamaba Julián, y su presencia y su voz estuvieron a punto de hacerme tomar la más lógica decisión a que nos habían acostumbrado a los argentinos en esos años de hierro: escapar. Sólo el magnetismo de sus ojos grandes y castaños, y una expresión inequívoca en su rostro me retuvieron junto a él, que seguía caminando a mi lado, yo que no me daba cuenta de que estaba caminando, tan combatido estaba entre el terror y la fascinación. Eran tiempos de desconfianza, y toda actividad humana que humana hubiera sido en cualquier parte del mundo para seres nacidos bajo el signo de lo humano, humanas no eran en ese país, en ese pueblo que desde hacía años había aprendido a callarse a la fuerza, contando cada noche, desde la oscuridad del miedo, las frenadas, el tambor de las botas y los disparos de los allanamientos y los secuestros que atemorizaban y diezmaban la población. Nada era normal para nosotros en esa época, nada que normal hubiera sido para cualquiera que no hubiese quedado prisionero entre esas fronteras donde la delación había hecho su nido, y alimentaba al monstruoso pájaro del terror. Por eso tuve miedo. Que un hombre caminase a mi lado sin motivo aparente no tenía allí el significado que podría haber tenido en otro país cualquiera. Porque para nosotros la muerte no era una sorpresa.

En esos instantes en que el temor y la curiosidad batallaban en mi pecho, el viento nocturno nos empujó a ambos como una palmada amistosa y proseguimos caminando uno junto al otro casi sin mirarnos; yo sin mirarlo demasiado esperando sus próximas palabras, indicios, pruebas de que mi muerte no había sido ya determinada en las oficinas del poder, y que se trataba sencillamente del comentario de un excéntrico que intentaba charlar sobre la película, o de una alucinación de mi mente enfebrecida de soledad. Julián que yo no sabía aún su nombre siguió hablando de la obra de Herzog y establecía con implacable claridad las diferencias con la versión de Murnau, deteniéndose casi morbosamente en los detalles físicos de cada uno de los vampiros, como si en esa descripción radicara la clave de aquella noche extraordinaria.

—La belleza es tan cercana al terror que no podría asegurar si es el terror mismo o éste la consecuencia inmediata de la propia belleza. ¿Quién era bello en esa historia? ¿La joven que se deja seducir para destruir al vampiro, o el vampiro que en definitiva también significa un resquicio hacia otra existencia, hacia un cierto tipo de libertad? Yo no me apresuraría a juzgar al monstruo, al menos sin haber juzgado antes la monstruosidad de la vida que llevaban adelante esos personajes tan radicalmente normales y que aparecen como las víctimas de lo desconocido. ¿Acaso lo desconocido siempre es tan aterrador? ¿Puede ser más terrible que el mundo que conocemos? —continuó el hombre que yo aún no sabía que se llamaba Julián, casi sin dejarme intervenir más que con monosílabos o interjecciones apagadas de confirmación a sus palabras, y la noche proseguía su vereda de ecos y sombras, y doblaba esquinas sin que yo me diera cuenta de que no era ése el camino de regreso a mi casa sino que nos adentrábamos cada vez más en los antiguos y derruidos recovecos de lo que hasta la primera mitad del siglo diecinueve había sido la ciudad antigua, y que devastada por los terremotos, las crisis y las dictaduras, se había metamorfoseado paulatinamente en ese dédalo de calles penumbrosas, custodiadas por árboles ciclópeos, iluminada apenas por luces parpadeantes y demasiado altas como para atravesar las copas ya medio deshojadas. Julián hablaba y yo lo seguía hipnotizado, no sé si por sus palabras o por la seguridad con que dirigía nuestros pasos hacia el corazón de esos barrios viejos. Cada tanto yo miraba solapadamente por encima de mi hombro, para comprobar con un cierto alivio que nadie nos seguía, que no se trataba de una trampa para llevarme a ninguna cámara de tortura, y que la conversación de mi inesperado acompañante era nada más que eso, un hecho humano entre seres humanos.

Llegamos a la entrada de un pasillo con paredes de ladrillos, que parecía penetrar en el corazón de la manzana como una calle más, igualmente vieja y abandonada al igual que el resto de las calles por donde habíamos transitado minutos antes. Más adelante por ese pasillo empedrado al que se abrían algunas puertas protegidas por la oscuridad, se meneaba un farolito de hierro al compás del viento nocturno de mayo.

Julián me dijo entonces su nombre, y me invitó a entrar con él a su casa, que correspondía a la puerta frente a la cual el pobre farol luchaba por derramar su claridad entre las paredes angostas, paredes que parecían devorar la luz exhausta con hambre innatural entre sus resquicios de ladrillos irregulares.

Se hubiera dicho un mundo deshabitado.

Con curiosa cautela lo seguí también ahora, apretando los puños dentro de los bolsillos de mi campera para obligarme a aceptar ese azar que aún no podía comprender como destino.

Entramos en un recibidor tan exiguo y oscuro que no distinguí en dónde mi anfitrión colocó la campera que me invitó a sacarme, junto a su Montgomery azul. Pasamos juntos a una cocina comedor amplia e invadida por el lengüetazo de una luz amarillenta que se proyectaba en una gran mesa rectangular de madera, sólida y gastada, sobre la que un block de hojas grandes y marfileñas, una caja de acuarelas y varios pinceles diseminados alrededor parecían el marco filosófico de un vaso de vino lleno hasta la mitad. Una mujer de cabello muy claro y con los mismos ojos de Julián estaba sentada a la mesa. Era su madre, y levantó solamente la mirada abatida para dirigirla a su hijo y luego a mí, y de nuevo a su hijo, antes de concluir con un brevísimo y casi murmurado saludo su presentación y despedida, y volver a sumergirse en el diseño de una acuarela sobre una de las hojas de papel.

De allí pasamos a la pieza de Julián, que era amplia y larga, y tenía una ventana a través de la cual pude distinguir la sombra movediza de un árbol, quizás no tan grande como los de la calle, pero igualmente poderoso, me lo decía la silueta de su grueso tronco nudoso que desde la penumbra exterior se dibujaba contra el vidrio. En esa habitación reinaba un desorden de aquéllos que amamos inmediatamente: libros, discos, partituras, hojas escritas y cuadernos desparramados por todas partes. Su cama era estrecha y estaba junto a una de las paredes; incontables cosas sin orden, la mayor parte de ellas libros de todas clases, tamaños y colores, se apilaban sobre una cómoda de madera clara ubicada en la pared frente a la ventana. Junto a la puerta y frente a la cama, se apoyaba un alto y macizo ropero de dos puertas, con dos columnas de fuste liso a los costados del frente y arriba un frontispicio tallado en la madera, como un templo griego. Parecía tan cargado que su mismo peso le confería una suerte de solemne majestuosidad, aunque se hubiera dicho que en algún momento podía desplomarse sobre sí mismo, agotado como un estómago repleto. Pero por las puertas entreabiertas se podía ver perfectamente que no estaba lleno de ropa, sino de libros, cientos de libros de todas clases que se apiñaban unos sobre otros en un desorden maravilloso en el cual daban ganas de arrojarse para nadar en páginas y páginas. No sé dónde guardaría Julián los comunes enseres de todo ser viviente, pues en esa habitación parecía haber solamente lo necesario para alimentar el espíritu, las inacabables noches insomnes de libros y música.

No podría medir las horas que pasamos conversando con Julián en ese primer encuentro, como desde esa noche no podría mesurar prácticamente nada de lo que hiciera con mi nuevo amigo, que tenía el poder de transformar el tiempo, no de detenerlo, sino de manipularlo a su voluntad.

Tal vez me equivoco en mi apreciación sobre el tiempo y Julián. No sé si en realidad él lo manipulaba a su voluntad, o era su misma persona la que irradiaba una energía tal que desconocía el tiempo, obligándolo a curvarse a su alrededor, a describir elipsis en torno a su magnetismo que desafiaba las leyes del universo, como esos fenómenos cósmicos en cuyas fronteras dejan de cumplirse las leyes de lo absoluto, para caer en espacios de otro absoluto, un absoluto sin leyes o regido por otras leyes, leyes desconocidas para los hombres, tal vez las olvidadas leyes sagradas de los dioses.

El flujo del tiempo parecía chocar contra Julián como el torrente de un arroyo al encontrar el obstáculo sólido de una roca en su camino, y entonces lo circundaba, se abría en dos y lo abrazaba, pero no lo penetraba. Era una corriente fluida que se reunía nuevamente después en un solo brazo, el brazo implacable a cuyo rigor estamos expuestos todos los demás seres humanos, los hombres que seguimos pisando el mundo; o la apariencia que llamamos mundo, y que creemos concreto, firme, inamovible, y que quizás también es un flujo maleable y cambiante, tan inmaterial como todo lo inmaterial que nos rodea, nos atraviesa, nos da carácter y sentimientos. Sin embargo, esa curvatura del tiempo, esa desviación de su flujo constante, afectaba a todo lo que circundaba a Julián, personas y cosas. De ese modo yo, cuando estaba a su lado, sentía cómo mi ser transitaba esta dimensión y otra, una dimensión desconocida, tal vez paralela, o tal vez se tratase de muchas dimensiones, tal era la sensación de mi alma mutilada en millones de fragmentos que pugnaban por mantener su cohesión, y a su vez se separaban atraídos inefablemente por otras fuerzas de gravedad, por otras atmósferas ignotas pero seductoras.

Esta influencia empezó muy pronto a extenderse a toda mi existencia desde que conocí a Julián, y ya no sólo la percibía cuando estaba junto a él físicamente, sino aun cuando estábamos separados, con sólo pensarlo, con sólo sentir que su presencia transformaba mi vida, la metamorfoseaba imperceptiblemente, medicina invisible y cotidiana que colorea lentamente los órganos internos y poco a poco asoma a la piel, a nuestro límite entre lo revelado y lo íntimo, y precipita en nuevas conjugaciones en su contacto con el mundo exterior.

Julián se tendía sobre su cama, un poco sobre sus mismos papeles, sus libros abiertos y puestos boca abajo como en una penitencia de espera, y apoyado en la cabecera de madera me miraba con sus brillantes ojos almendrados, y hablaba casi sin interrupciones, aunque por momentos hacía un imponente silencio, como si me concediera el espacio para hablar a mi vez, pero eran tan inesperados y anacrónicos esos silencios que me tomaban totalmente desprevenido, y yo no sabía qué decir. Entonces él mismo proseguía su charla, y desmenuzaba a tal punto la película que habíamos visto, que yo tenía la sensación de que esa noche contenía en sí muchas noches, una sucesión de noches en las que habíamos recorrido juntos la historia del cine, no sólo hablando, sino consultando numerosos libros, encerrados ambos en una biblioteca inmensa, de altísimos anaqueles, una biblioteca feliz donde podíamos permanecer siempre, rodeados del saber de la humanidad.

Hablar con Julián era escucharlo. Yo sentía que era muy poco o quizás nada lo que podía aportar a esos complejos monólogos en los que mi nuevo amigo enlazaba mundos y conceptos, y me dejaba llevar por su voz, navegando entre palabras y manteniendo una atención casi obsesiva; pero si bien hacía un esfuerzo por elaborar sus ideas, cada vez que me detenía en esta fatiga mental, Julián ya había avanzado un tramo irrecuperable de palabras.

A veces se detenía y me miraba inquisidor e irónico, y me preguntaba:

—¿Me entiendes?

Comprendí que le molestaba mucho repetir las cosas, tanto le molestaba que a veces prefería callarse para no volver a decir lo que ya había dicho, o para explicitar lo que le parecía obvio o sobreentendido. Había que tener paciencia con Julián, lo aprendí rápidamente. Una suerte de paciencia muy especial, una paciencia de silencio pero de atención permanente. Pero paciencia era lo que me sobraba en esas noches, demasiado había hablado conmigo mismo, si consigo mismo un hombre hablar puede sin caer en la enajenación.

Cuando esa primera noche dejé a Julián y regresaba solo por las calles incólumes, veía proyectarse mi sombra delante de mí, alargada y surrealista, hasta que la iba alcanzando, la pisaba, y la dejaba atrás hasta el breve interregno de un nuevo farol, y allí volvía a seguirla. Algo en mi caminar había experimentado una transformación, sentía que había pasado del miedo a la reflexión, mis pasos se sucedían con la liviana seguridad de un descubrimiento, como reapropiándose de su terreno, dirigidos hacia una suerte que no era la caótica huída ni la vergüenza, sino otra cosa, algo mucho más libre, si esa palabra era lícita en esos tiempos, en ese país, en ese mundo devastado.

En una esquina, escondido en el desequilibrio de su propia sombra, un borracho lanzó un grito:

—¿Qué busca, joven? ¿Qué busca?

Con la mecanicidad inexplicable de lo absurdo respondí:

—Nada.

El borracho soltó una risa fracturada y agria mientras levantaba en la mano derecha una botella de vidrio y parecía ofrecer un brindis a la noche, y entre los hipos de su risa y los tragos a la botella repitió:

—Nada, nada, no busca nada. Y siguió riéndose y tambaleándose en el mismo suelo junto al tambaleo aéreo de los árboles y a los juegos de damas de las luces entre el ramaje desigual, que le señalaban y le escondían el camino según el capricho del viento nocturno.

Esa noche la ciudad se volvió por primera vez en muchos años, amigable. Parecía el cordial esqueleto de un ser imaginario, abandonado en una playa mansa; un laberinto de huesos amados y luminosos, que destellaban bajo la certera luz fría de la Luna. También después de mucho tiempo volví a soñar, y a recordar mi sueño: veía a Julián caminando por los paisajes de las acuarelas pintadas por su madre y esparcidas sobre aquella mesa de la cocina; caminaba y llamaba a alguien cuyo nombre se confundía con el llamado del viento nocturno. Caminaba y parecía flotar, mientras el río del tiempo respetaba su silueta aparentemente frágil, y lo rodeaba, y lo circundaba de una aureola casi irreal pero tangible. Y Julián pasaba de un paisaje a otro, caminando sobre las aguas de una bahía napolitana o sobre los picos de una montaña mendocina, con la mirada siempre fija delante de sí mismo. Y a medida que él avanzaba, yo, que era un espectador, un ser incorpóreo, empezaba a debatirme entre extremas sensaciones y sentimientos extremos, cuya potencia se desataba en mi pecho con cada vez mayor ímpetu, hasta que sus puños cerrados golpeando alrededor de mi corazón me despertaron.

Hubiera sido muy sencillo no volver a ver nunca más a Julián, si sencillo hubiese sido no hacer lo que yo mismo deseaba, o aquello hacia lo cual me sentía desde ya inclinado como la única posibilidad de eludir la grisura de un mundo que se había vuelto ajeno a fuerza de represión, la represión externa y la de adentro, quizás la misma, o una el resultado de otra. Julián y el mundo que me proponía se levantaban como la única posibilidad de huída de esa prisión en que me hallaba. Julián era la puerta, la inspiración que podía prolongarme la vida, porque a través de su amistad empecé a sentir que podía ser libre aún dentro de una celda. Una celda que se parecía mucho a esas noches, gris y sin estrellas.

Julián no me había dicho que regresara a su casa, ni me había dado su número de teléfono: pronto aprendí de él mismo que no es necesario decir lo que es obvio o natural, porque todo acto mecánico o sobreentendido no merece ocupar la mente, y la mayor parte de las veces, tampoco ser expresado con palabras. Él decía que hay demasiadas palabras flotando en el aire, y que sus significados se contaminaban y se tergiversaban constantemente por ese uso excesivo y necio. Que el hombre era una construcción hecha de palabras, y estaba saturado al punto de perder su misma condición de hombre. Por eso cuando toqué su puerta la noche siguiente, me abrió con total naturalidad y al pasar por la cocina vi que de su madre había quedado sobre la mesa solamente el vaso vacío.

Miramos fotografías de su infancia. Me dio la impresión de que quería contarme alguna historia, a lo mejor la suya propia, o que no tenía intenciones de pensar en nada para hablar, porque me pasaba la mayor parte de las fotos sin decir casi una palabra, y esta vez era yo quien hacía preguntas a las que él respondía casi siempre con monosílabos. Había fotografías de su padre, Leopoldo; también de la juventud de su abuela Genoveva, de la cual me contó casi murmurando que vivía encerrada en una de las habitaciones de esa misma casa. Según Julián, su abuela deliraba acerca de un litigio con abogados por una fortuna perdida. Supe por él mismo que su padre se había marchado de la casa hacía tiempo, y este hecho estaba relacionado con algo sentimental, algo en lo cual participaba otro hombre. Esta suerte de revelación fragmentaria me dejó lo suficientemente impactado como para no escuchar con la misma atención el resto de la trama, en la cual el protagonismo pasaba a su hermana Laura, quien emprendía un viaje en busca de su padre o algo así. La historia parecía tan dramática que era difícil juzgar cuál de los hechos era más importante que el otro, pero Julián los mezclaba de manera tal que después era casi imposible ordenarlos lógicamente, y cuando me detenía a reflexionar acerca de un acontecimiento, mi amigo dejaba caer otro comentario tanto o más contundente que los anteriores, y todo volvía a caotizarse en mi mente, que atrapaba un detalle y lo dejaba por otro, y cuando volvía atrás para recuperarlo, se le escapaba el nuevo y no había manera de volver a hilarlos de manera coherente.

Julián en tanto me pasaba fotografías viejas como si fueran ajenas, y a veces lo hacía añadiendo comentarios de su árbol genealógico con total desapego, como si no le perteneciera y las cosas sorprendentes que atribuía a esas imágenes amarillentas fueran moneda corriente en esa familia. Algunas de estas fotos eran en blanco y negro, por ejemplo las que mostraban a una pareja amarronada por el tiempo, y que Julián me dijo que eran sus abuelos, Leopoldo Esquer y Genoveva Pasco, cuando acababan de llegar del País Vasco al puerto de Buenos Aires. Se veían elegantes, aunque las imágenes de principios del siglo veinte hacían ver elegantes a casi todos. En la parte inferior derecha la foto tenía impreso el año 1916. Sin embargo, y a pesar de las historias de la pobreza de los europeos que desembarcaban en Argentina en aquellos tiempos, los abuelos de Julián tenían un porte, una altura que los mostraba no como sencillos inmigrantes en busca de un mundo mejor, sino como refinados viajeros en tren de conocer países exóticos para después regresar a sus mansiones burguesas del norte de Europa con algunos recuerdos y muchas anécdotas de las colonias visitadas.

–Mi abuelo era jugador, y mujeriego. Se jugó todo. La

maderera, que era de la familia de mi abuela, la casona, las fincas. Mi abuela quedó trastornada, o al menos eso nos quiere hacer creer. Sigue atrás de los abogados porque dice que va a recuperar las propiedades. Está loca. Claro que la maderera todavía está en juicio, porque lleva su nombre. Se la pasa encerrada en su pieza hablando sola y escribiendo cartas. Es una mujer temible, dijo Julián asumiendo un aire que pretendía ser amenazante, con los ojos bien abiertos que lanzaban resplandores, como si me estuviera contando una película de terror y estudiase cada uno de mis gestos para comprobar mi reacción.

–¿No tienes fotos de Laura? –pregunté para cortar su inspiración melodramática y evitar que siguiera perpetrando conmigo ese juego pueril y sin embargo fascinante.

–Las rompí todas cuando se marchó. Pero fue peor, se imprimió por todos lados, la veo en todas partes –me contestó, esta vez como si estuviera alucinando, sin mirarme, dirigiendo sus ojos bajos a las fotos entre sus manos.

La habitación donde estábamos me parecía el fondo de un océano desconocido. La luz oscura que se filtraba por la ventana, movida por la copa del invisible árbol del patio, daba a Julián y a sus cosas la apariencia de lo submarino, como si estuviéramos sumergidos en un agua no azul, no transparente, pero sí translúcida, con una suerte de frialdad que no se percibía en el tacto, sino en el alma. Julián me miró entonces con una expresión que yo estaba por conocer bien: tenía algo de niño travieso y mucha malicia, pero no era ésta una malicia de niño, era algo como una melancólica astucia, una suerte de broma para sí mismo que nunca acababa de plantearse. Lo había contemplado mientras permanecía tirado sobre su cama, con la cabeza apoyada contra el respaldo de madera beige y cuerina verde y azul de los años sesenta. Su cabello claro se desordenaba sobre la frente, acechando sensualmente las cejas bien definidas y suaves, y proyectando una saliva de sombra sobre los ojos almendrados, de pestañas tupidas, grandes y escrutadores.

Su mirada entonces se posaba sobre las cosas con la nitidez de un rayo, pero de un rayo gentil, que no hiere, sólo hace saber de su presencia con seguridad y silencio. En otros momentos sus ojos se ponían brillantes, o debería decir transparentes, como un agua movediza que invita a seguirla en su oleaje contenido, y entonces esa mirada transformaba toda la expresión de su rostro: su piel se tensaba y los pómulos de finísima textura acompañaban a la boca en una sonrisa perspicaz. Contrariamente a lo que sucede en otros rostros, sus ojos no se hacían más pequeños cuando Julián sonreía, sino que por el contrario parecían redondearse y aumentar su tamaño, como si de ese modo aseveraran la veracidad de lo que afirmaba la boca. Tal vez era porque Julián nunca se reía completamente, su sonrisa se limitaba a ese juego de expresiones combinadas en su cara de niño, de niño tremendamente adulto.

Esa noche apartó las fotos con una mano firme, e incorporándose en la cama me miró directamente, me miró y me sonrió mientras me decía:

—Vamos a verla. Yo tengo una linterna —agregó sin dejar lugar a ninguna respuesta, se levantó de un salto de la cama sobre la que estaba tirado, entre los montones de fotos y viejísimas partituras, y empezó a buscar en un cajón de la cómoda. Se hubiera dicho que de ese cajón podía surgir cualquier cosa, si se escuchaba el ruido heterogéneo, como de distintos materiales que se entrechocaban cuando Julián los revolvía en busca de la linterna. No me sorprendió para nada que tras una laboriosa búsqueda hallase, en efecto, una linterna de metal acanalado con vidrio redondo. La probó, la golpeó contra el borde del mueble cuando vio que no encendía, la abrió desenroscando la tapa posterior, sacó dos pilas grandes, se las frotó contra los pantalones, las observó con detenimiento, como si con su mirada pudiese volverlas a la vida, y las volvió a colocar dentro del fuste de la linterna, atornilló la tapa y volvió a probar con el botón deslizable. Esta vez encendió. Julián esbozó una mueca que se podría descifrar como una sonrisa sin alma, y emprendió la marcha seguro de que yo no tendría nada que objetar.

La maderera se encontraba en una zona fuera del centro de la ciudad, frente a los viejos barrios de donde veníamos, pero sobre una avenida principal que sin embargo a esa altura se llenaba de casas vetustas, algunas viejas mansiones derruidas y abandonadas y negocios nuevos, chatos, de vidrio y cemento, que parecían insultar las antiguas arquitecturas con su inoxidable presencia y sus veredas sin huecos. Sin duda yo había pasado por ese lugar innumerables veces, pero nunca me había detenido a mirarlo demasiado: ahora reconocía ese edificio en la sombra de la noche que compartíamos con Julián, Julián mi guía en calles conocidas, con su sonrisa ambigua y casi maliciosa, seguro de poder asustarme y entretenido con ese juego pueril construido sobre un entretejido de recuerdos o fantasías, un material impalpable que se solidificaba en mi mente, tomando forma y sustancia, hasta hacerme sentir que era mío, que formaba parte de mi propia historia.

Caminando así, él con su sonrisa y yo con un cierto temor infantil que me agradaba, sonriendo por dentro, sonriendo un poco, no demasiado, y mirándolo por fuera con su cuerpo delgado y blanco y su Montgomery azul, llegamos a nuestro destino. La antigua maderera era una construcción enorme, que ocupaba casi toda la cuadra, con cornisas y molduras en su mayoría semiderrumbadas, y con un cartel ya despintado y medio caído sobre un portón de hierro forjado carcomido por el óxido e inmovilizado por las enredaderas. Todo respiraba abandono y suciedad. No me gustó para nada ese lugar, y este sentimiento pareció ser percibido por mi amigo, quien repitió su gesto de sonrisa sin alma cuando empezó a forcejear con una puerta pequeña mimetizada en el ferruginoso rostro devastado del mismo portón.

—Antes tenía un candado, claro que ya lo forzaron. Pero se puede —y empujaba con su cuerpo la puerta, que dentro del marco del portón parecía minúscula, y hacía parecer a Julián mucho más grande. Yo lo miraba y a su vez miraba hacia todos lados con el temor de que en cualquier momento una patrulla se detuviese junto a nosotros y nos confundiera con ladrones o con lo que se les ocurriera en ese momento como excusa para subirnos al automóvil verde y llevarnos.

Cuando cedió a los empellones de Julián y se abrió con un ruido como de pedregullo, la pequeña puerta dejó escapar hacia la vereda una sombra líquida que en seguida se nos pegó a los pies igual que el alquitrán. La observé con aterrorizada inmovilidad.

–Vamos, me dijo Julián sin mirarme, y entró a la oscuridad pisando esa sombra, que inmediatamente se adhirió a sus zapatos y corrió a los míos como si se tratara de un virus altamente contagioso.

Como si hubiese penetrado dentro de la gigantesca osamenta de un dinosaurio olvidado en la noche durante siglos, caminé detrás de mi amigo con la cautela de un condenado a muerte. Mis ojos fueron habituándose a la oscuridad compacta de ese galpón, y comencé a distinguir las siluetas titánicas de abandonadas maquinarias que semejaban a monstruos petrificados por una conjunción de telarañas y polvo. Algunos rayos de claridad nocturna penetraban por las roturas del techo, allá arriba, y marcaban zonas y formas indefinibles que bien podrían haber sido rocas lunares o cadáveres blanquecinos. La linterna de Julián conseguía apenas deslizar su luz artificial por entre la negrura compacta de la noche interior, esa noche de eterno despojo que reinaba en la maderera que había sido de la familia de Genoveva Pasco. Yo estaba casi asombrado de mi propio miedo, que en algún momento había creído un juego y ahora me parecía tan tangible como las espesas telarañas que se me pegaban a la cara. Caminaba detrás de Julián como un zombi sin voluntad propia, protegido por su espalda y su cercanía, pero acechado por las miles de sombras que se descolgaban hacia mi cabeza como babas negras, más negras que el resto de la negrura que me rodeaba, con una densidad diferente, semilíquida, elástica, muda. De pronto sentimos un ruido, o debería decir mejor una suerte de murmullo, un deslizarse de algo que no era exactamente metálico en algún lugar del espacio a nuestro alrededor. Julián se detuvo y apuntó el miserable rayo amarillo de la linterna, que cada vez se hacía más tenue, hacia una de las vigas del techo lejanísimo. La luz tardó en llegar a la bóveda oxidada protegida por nubes de penumbra, y se detuvo rozando apenas una de las vigas de madera ornada de telarañas y heces de ratas. Yo no entendía por qué Julián mantenía la luz y la mirada fijas en un mismo punto donde yo no alcanzaba a distinguir nada, mientras sentía que a mi alrededor las sombras se aproximaban sigilosamente, aprovechando nuestra inmovilidad y la impotencia de la linterna.

–¿Te dije que mi abuelo se colgó de una de estas vigas? –dijo Julián sin mirarme. Percibí en su voz el sagaz placer que le producía contarme esa historia en ese ambiente tétrico, y no respondí una sola palabra. De pronto, en un inexplicable instante en que todo pareció detenerse y concentrarse como debe suceder en el momento en que estalla una galaxia y libera toda la oscuridad del alma del universo, una silueta se expandió desde detrás de la viga iluminada y se abatió hacia nosotros en vertiginosa caída. Me inmovilizó el terror. La silueta se definió un segundo sobre la bóveda maculada del techo en dos inmensas alas, y se empequeñeció velozmente mientras sobre nuestras cabezas pasaba chirriando un murciélago exasperado.

–Qué animalitos tan nerviosos –dijo Julián y yo imaginé que estaba sonriendo detrás de la penumbra, que miraba mi cara espantada y sonreía con su expresión de niño sin alma.

Proseguimos nuestra marcha por ese planeta habitado de alimañas, sorteando toda suerte de obstáculos indefinibles y deteniéndonos cada vez que la carrera histérica de las ratas nos cortaba la marcha. Llegamos hasta otro portón, esta vez derrumbado, que daba sobre un espacio abierto. Sentí el aire de la noche, o ansié sentirlo, como un elixir liberatorio. Pero era aire contaminado; inmediatamente se adensó a nuestro alrededor apretándonos a la penumbra como las hiedras que habían asfixiado todo a su paso en ese jardín del olvido. Un inmenso árbol erguía su alto y retorcido espectro hacia el cielo en despojos, custodio del monumental cementerio de pirámides de madera que se extendía más allá de donde mi vista podía distinguir.

–La propiedad sale por la otra calle, ¿quieres que vayamos por ahí? –preguntó Julián retóricamente, porque mientras formulaba su pregunta ya había emprendido la marcha hacia el extremo opuesto del galpón del cual acabábamos de salir.

Avanzamos por entre las malezas azarosas que se pegaban a mis pantalones como la piel áspera de las manos de un mendigo, y soltaban un gemido de hambre cada vez que las arrancaba con mi paso. Julián iba a veces a mi lado, otras veces delante de mí, abriendo camino cuando la senda se volvía demasiado angosta. En este páramo que mucho debía semejar al mundo cuando hubieran pasado algunos cientos de años de la desaparición de la raza humana, la luz de su linterna, a punto de agotarse, se difundía agonizante, amarillenta, sin contornos, como las últimas notas de un canto exánime.

Llegamos a la pared trasera de la propiedad, que se veía inesperadamente firme en comparación con el abandono que acabábamos de atravesar. Caminamos paralelamente a esta pared algunos pasos, hasta hallar una puerta metamorfoseada por el musgo y las intemperies. Sin embargo, Julián la abrió sin ningún esfuerzo, como si la usara cotidianamente.

Salimos a la calle posterior y nos cayó encima la luz muerta de la noche.

Julián apagó la linterna y cuando estábamos por emprender la marcha de regreso a su casa, un ruido de neumáticos contra el pavimento nos inmovilizó. Nos pegamos contra la pared, sombras también los dos, y esperamos lo peor. Delante de nosotros, a mitad de la calle que se truncaba frente a la puerta posterior de la maderera por donde acabábamos de salir, un automóvil y un pequeño camión militar se habían detenido frente a una casa. Varios hombres de traje, con anteojos oscuros en plena noche, salieron del automóvil y del camión bajaron soldados armados. Los hombres empezaron a patear la puerta. Desde nuestro ángulo oscuro vimos cómo ésta se abría y dejaba asomar la figura tremolante de un hombre. Los visitantes civiles y militares lo empujaron brutalmente hacia dentro y entraron en la vivienda. Durante algunos minutos se hizo silencio. Poco después salieron los hombres de anteojos y llevaban consigo al hombre que había abierto la puerta, a una mujer y a dos adolescentes, a quienes hicieron subir violentamente a uno de los autos, que inmediatamente encendió las luces y arrancó con un nuevo chirrido de gomas sobre el asfalto. El camión permaneció estacionado frente a la casa, y después de un rato salieron por la puerta los soldados, esta vez con las armas en bandolera, y llevando en la mano objetos grandes, tal vez las mejores pertenencias de la familia secuestrada.

–Nunca más volverán a su casa –fue el único comentario de Julián cuando regresábamos. Y esa noche no volvió a decir una sola palabra mientras caminábamos y él hundía sus manos blancas en los bolsillos del Montgomery azul.

Muchas otras veces salimos a caminar con Julián, aunque no regresamos al aserradero Pasco, si bien en nuestros prolongados paseos solíamos divisar su cartelón medio descolgado y despintado sobre la fachada a punto de derrumbarse. Tal vez hubo otro tiempo en que esa vereda, y esa calle misma, estaban llenas de vida, de color, de algo cuya ausencia era hoy un grito enmudecido, un grito tan ahogado como el rumor de los ramajes de los árboles que seguían perdiendo inexorablemente las hojas con los vientos cada vez más fríos de junio.

Caminábamos a veces durante muchas horas por las calles tortuosas de los barrios viejos, y rara vez encontrábamos a nadie en las noches que teñían de oscuridad casas y árboles. Nos entreteníamos escudriñando las fachadas más antiguas, a veces entrando incluso en los jardines abandonados, para espiar por las ventanas o entre las rendijas de las puertas rotas. Muchas de estas viviendas estaban abandonadas, algunas desde hacía poco tiempo, cuando alguna fuerza inhumana había arrancado de cuajo a sus moradores y a sus vidas de las habitaciones que ahora se abrían al viento nocturno como gemidos de fantasmas en espera de venganza. Solíamos entrar en esos lugares y nos deslizábamos igual que ladrones por los pasillos oscuros, a veces incluso nos sentábamos en las salas despojadas, en el suelo o en alguna silla que había sido despreciada por los allanamientos y los robos, y nos quedábamos allí un rato, imaginando a las personas, tratando de escuchar sus voces en el espacio que aún los recordaba. Era como si un éxodo de cuerpos hubiese tenido lugar en esas casas, donde las almas seguían luchando contra el olvido, y arañaban las paredes desde un más allá que tal vez aún era un aquí, una mazmorra en los sótanos de alguno de los palacios del poder, o un campo de concentración fuera de la ciudad. Yo sabía bien de qué se trataba, pero cuando la oleada de conciencia me arrasaba con su cresta ácida y punzante, cerraba los ojos y apretaba los párpados lo más fuerte que podía; intentaba borrar esa realidad, negarla a través del arma más poderosa que nunca un hombre pudo tener: la imaginación. Y entonces regresaba junto a mi amigo, a su compañía y a su charla, por las calles que otra vez eran calles y no pasillos de cemento, a las casas que eran casas y no una celda de techo bajo. A Julián, la única persona con la que había dejado de sentirme solo.

La mayoría de las veces, en los nocturnos paseos, vagábamos sin rumbo por las calles nocturnas escuchando el rumor de nuestros propios pasos, deteniéndolos y escondiéndolos en el fragmento de vereda más oscuro cuando

sentíamos los frenos de los automóviles verdes o el castañe-
teo de una ametralladora.

En esas noches de caminatas, Julián me hablaba de as-
trología y alquimia, y desplegaba sobre estos temas un muy
variado e inesperado conocimiento, un conocimiento que se
mezclaba con su imaginación y con sus propias preguntas,
que a veces me hacía a mí también, y a veces mascullaba
para sí mismo apretando sus pasos por la noche. Hablaba de
sociedades secretas que perduraban desde la Antigüedad y
de las interpretaciones posibles en los grabados de los antiguos tratados de alquimia. Era sorprendente ver cómo se
iluminaba de concentración su rostro cuando contaba estas cosas, y cuando insistía en que algunas personas habían
conseguido destilar la piedra filosofal y seguían viviendo
una vida sin límites, en varias partes del mundo, sin sufrir
los desmedros de la edad y las enfermedades. Me decía que
la realidad que creíamos vivir no era más que una reflexión
acerca de la realidad, y que no existíamos en un mundo totalmente concreto, sino en la proyección deformada de un
universo que seguía evolucionando, tal vez hacia su propia
aniquilación. Que nuestra concretidad dependía de nuestro
mismo pensamiento, y que contrariamente a lo que pudié-
ramos creer, las mentes más evolucionadas vivían en un espacio menos concreto que las primitivas, un mundo mucho
más factible de cambios, cuya sensibilidad lo hacía casi maleable, dispuesto a transformarse y a veces hasta a disolver-
se. Sin embargo, afirmaba, había fuerzas que podían incidir
en el mundo como el corte de un cuchillo en la carne, y la
sangre que manaba de esa herida era su alimento y su forma de perdurar y reproducirse. Dijo que el terror en el que
vivíamos era alimentado por el mismo terror que nos producía, y que hacía falta una gigantesca acumulación de energía
opuesta para combatirlo y expulsarlo de nosotros mismos.
Otras veces reflexionaba que la piedra filosofal era un nivel
alcanzado por la evolución del espíritu, y que los grabados
de los manuales de alquimia eran totalmente simbólicos, y

representaban estadios del alma. Se apasionaba tanto con su misma conversación que me daba la impresión de que no me hablaba a mí sino a sí mismo, o a otro él que salía de su propia boca, o a algún ser invisible que estaba ante él cara a cara. Entonces yo lo contemplaba y lo veía inmerso en una suerte de resplandor innatural, la luminosidad de su piel blanca que estallaba en su nuca junto al nacimiento del pelo castaño, o que surgía de sus ojos de color almendra, grandes y muy abiertos. Por momentos me parecía en cambio que esa luminosidad no surgía de él sino que era convocada por él, y penetraba en su piel y en sus ojos como un agua radiante que manaba de alguna dimensión invisible de la misma oscuridad de la noche que transitábamos. Julián entonces me parecía poseedor de algo sobrenatural, como sobrenatural debería parecernos a todos un hombre devorado por sus propios pensamientos, iluminado por la pasión de sus cavilaciones.

Julián era eso, pero era algo más, algo que yo no podía penetrar, un mundo al que no tenía acceso y al que su propia vida servía de barrera. Sabía que no me dejaría entrar en esos secretos y que todo lo que me hablaba en las largas caminatas por las calles de la ciudad era un complejo sistema de signos que muy probablemente yo sería incapaz de descifrar. Me parecía estar sometido a una prueba de la cual lo previsible era que yo saliese totalmente derrotado, por mi incapacidad de comprender lo que en realidad me estaba confesando. Esta convicción solía sumirme en una grave melancolía, me sentía cerca de él y sin embargo afuera, pero no quería demostrarle este sentimiento, ni desperdiciar los momentos en que estábamos juntos y que yo sentía como verdaderos esfuerzos de su parte por compartir conmigo algo de su febril existencia interior.

Supe entonces, hilvanando los retazos de las confesiones que solía hacerme, mezcladas con largas disquisiciones acerca de los alquimistas y de las correspondencias entre el orden de los astros y el orden terrenal y orgánico, que su relación con Laura parecía ser más estrecha que la que suele haber habitualmente entre hermanos, y que su partida de la casa había sumido a Julián en un estado anímico que a veces lo fatigaba con una profunda depresión y otras con un estado obsesivo casi rayano en el delirio.

–Laura era mi única compañera, ¿entiendes? –me dijo en una oportunidad. La única persona que he amado, amado en serio. Ella me comprendía, con ella podía hablar.

Pronunció esta última palabra de manera tal que me hirió. Yo creía ser la persona más cercana a él, en esa absurda pretensión que a veces nos obnubila y nos hace creernos importantes, incluso indispensables, para alguien a quien amamos de modo especial. Laura era para Julián algo que yo tal vez nunca acabaría de comprender, una especie de amor a cuyo universo me estaban cerradas las puertas, y seguirían cerradas para siempre. Desde que Laura se había marchado Julián sufría, lo empecé a comprender rápidamente; ese sufrimiento no tenía remedio, y mi amigo no aceptaba ninguna forma de consuelo, ni yo mismo creo que existiese alguna manera de remediar el daño que esa separación provocaba en él.

Julián Esquer era un hombre que planteaba enigmas, como la Esfinge mitológica. Sólo que él no esperaba respuestas. Los enigmas surgían de él como rayos de luz, o de sombra, y a veces, muchas veces, era él mismo quien caía en el abismo como el monstruo arrojado por Edipo.

Una noche, caminando con nuestros cuerpos como escudos contra el frío glacial que ya se abatía sobre la ciudad, nos detuvimos ante una pequeña iglesia neogótica cuya presencia siempre me había pasado inadvertida. Mejor dicho, fue Julián quien se detuvo y se puso a contemplar la fachada, el portal bordado de piedra y las agujetas alzándose hacia el oscuro cielo inestrellado. Yo me detuve junto a él y observé por primera vez ese templo trazado de sombras, apartado de la vereda por el espacio de un patio pequeño y una reja que lo protegía de la calle.

–Qué ridículos son los neos –dijo Julián como para sí, pero seguro de que yo era el destinatario de su comentario, y prosiguió su marcha, y yo a su lado sin comprender aún a qué se refería.

Caminamos así varios pasos, nos habíamos alejado bastante de la iglesia y el viento helado nos empujaba con un espaldarazo de hielo, cuando mi amigo agregó:

–Todos los neos, neogótico, neomedieval, neorrenacentista, neoclásico. Sencillamente ridículo –y recuperó el silencio, sin saber que estas últimas palabras habían echado luz en mi mente y ahora comprendía a lo que se refería en su primera apreciación de la iglesia ante la cual nos habíamos detenido. Por supuesto me callé mi parecer de que se trataba de una bella construcción. No había nada más difícil que contradecir a Julián y convertirme en el blanco de sus diatribas, que podían llegar a prolongarse por horas si percibía que no había logrado convencerme de su punto de vista. Pero esta vez mi silencio no me sirvió de mucho, porque él debió haber adivinado lo que yo estaba pensando, o tenía muchas ganas de encabezar una discusión como tanto le gustaba, porque enseguida lanzó su primer ataque:

–Seguro que tu la encuentras *linda*. Como si *linda* quisiera decir algo. Y aparte de eso, es horrible, igual que si te vistieras con miriñaque porque se ha puesto de moda la imitación de los vestidos del siglo diecinueve. No hay nada más incoherente que no pertenecer al propio tiempo.

–La verdad es que yo no dije nada –me defendí un poco con resignación, porque igualmente tenía la certeza de que dijera lo que dijera, o aun si no decía nada, Julián me iba a lanzar encima toda la artillería de sus razonamientos.

–Y seguro que a ti te gusta el arte renacentista y sus horrendas copias decimonónicas –arreció con enojo, como si yo lo hubiera provocado.

–Claro que me gusta el Renacimiento, ¿a ti no te gusta Miguel Ángel, o Leonardo?

–Ah, me lo imaginaba. Miguel Ángel o Leonardo no tienen un mínimo de espiritualidad. Son sólo ellos mismos. Y los imitadores no son ni siquiera eso.

–Como siempre, vas en contra de la opinión de toda la historia del arte.

–Menos mal que hay alguien que lo reconoce. Por supuesto. De todas maneras no estoy hablando del valor artístico de los renacentistas, me refiero a su contenido como creadores de paradigmas universales. ¿Qué hay detrás del Adán de Miguel Ángel? Hay un hombre. ¿Y qué hay detrás del dios que le da vida con un toque de su dedo? Solamente otro hombre. Allí no hay nada de divino, todo es humano, terrible y trágicamente humano.

–¿Acaso el arte no es humano?

–No. Es más. Pero es muy difícil de comprender. La mayor parte de las personas cree que comprende el arte. En especial los eruditos, los profesores, los *amantes del arte*. En realidad no entienden nada. Porque no tienen la capacidad de hacerlo. El arte tiene que ver con la filosofía, y no es sólo creatividad –respondió de manera neta e hizo silencio. Yo también me quedé callado ante la contundencia de esta aseveración, hasta que Julián prosiguió:

–Tienes que considerar al arte como algo diferente. Es una manifestación indispensable en el hombre; en ese sentido es divino. Porque va más allá de la razón. Es una necesidad, algo inevitable, que surge en el hombre apenas éste ha logrado superar sus necesidades vitales, y en algunos casos, incluso aunque no lo haya hecho. Las copias no son arte, como ya no debería ser arte para nosotros latinoamericanos todo aquello que se mide según los parámetros europeos.

–¿No es arte el arte que conocemos? –interpuse.

–Es arte. Pero ya es viejo. Y lo más importante: no es el único arte. Hay una suerte de miopía cultural que no nos permite ver otras manifestaciones artísticas, o protoartísticas. Naturalmente en una dictadura es muy difícil detenerse en ellas, pero existen, a pesar de todo.

–No sé si te entiendo totalmente.

—Mira, no digo que el arte renacentista no sea hermoso, aunque sin duda menos espiritual que el arte puro medieval, en el sentido religioso cristiano de esta espiritualidad, naturalmente. Lo que yo digo es que nosotros latinoamericanos tendríamos que buscar las huellas del arte a través de nuevos parámetros, de nuevos ojos. Hemos aprendido a hablar y a mirar con ojos europeos, y muchas veces estadounidenses, que es muchísimo peor. Es necesario abrir otros ojos, los ojos de nuestro fermento cultural, de lo que pasa en los sustratos de esta sociedad que no es europea ni norteamericana, ni siquiera indígena, es otra cosa.

Julián hizo una pausa y me pareció que no debía interrumpirlo. Casi podía sentir el bullir de su pensamiento caminando junto a mí, mientras nos alejábamos de esa inocente iglesia neogótica que había desatado la discusión.

—A pesar de que estamos viviendo amordazados, hay signos, rastros de esas manifestaciones de que te hablo. Presta atención en las calles, en las paredes, siempre se encuentran signos hechos por alguien que tiene algo que decir. Y tal vez se trata de una persona que no sabe quién es Miguel Ángel o qué significa el Barroco.

—Yo no sé si se puede llamar arte como tú o la mayoría de las personas lo entienden; seguramente no como lo enseñan en las cátedras —prosiguió Julián mientras me atravesaba con la lanza de sus ojos castaños, y luego volvió a arrancar su discurso desde una obstinada mirada clavada en la vereda—. Pero lo que sin duda es cierto es que se trata de un intento mucho más genuino que la imitación de un estilo europeo. Es un camino, al menos. Lo que no nos deja apreciar la magnitud de estas manifestaciones es nuestra misma concepción del arte. Estamos mirando con ojos que no son los nuestros, son ojos educados por otro mundo. Hizo una pausa y caminaba escrutando el suelo. —Pero de qué estoy hablando —prosiguió— si miramos con los ojos de un idioma, y ese idioma es el de los conquistadores.

Hizo silencio y yo reflexionaba sobre sus palabras. Me parecían sencillas y sin embargo tenían algo de imposible, como si hablara de universos imaginarios o inalcanzables. Cuando reanudó su monólogo, después de muchos pasos, dijo: –No se trata solamente de escritas en las paredes o dibujos lineales. Ésos también se encuentran en otras partes del mundo, y no quieren decir lo mismo. A no ser que a todos se los considere una expresión de la llamada subcultura, o cultura marginal. Estoy hablando de otras culturas, de culturas que existían antes de la llegada de los europeos, que tenían otra visión de la realidad, de la existencia, y de las cuales no hemos heredado nada. O sí, hemos heredado ruinas. Sin embargo, hay algo que no se puede detener ni negar, y es la evolución del espíritu de los pueblos. Latinoamérica puede tener otra mente, y ya la tiene, y por lo tanto otros ojos. Es construir nuestro arte a partir de nosotros mismos, y sobre todo, aprender a verlo y a juzgarlo a partir de nosotros mismos –dijo esto último con palabras subrayadas de tal intensidad que detuvo sus pasos. Yo me detuve con él y me limité a mirarlo. Su rostro parecía irradiar una luminiscencia que no era luz sino pasión, encono, enojo tal vez. –Nosotros nos vemos a nosotros mismos con ojos que no son los nuestros –agregó–. No son los ojos con los que los habitantes de estas tierras miraron a los primeros españoles, sino los ojos con que los mismos españoles miraban lo que nunca habían visto y por supuesto no podían comprender. Desde entonces hemos adoptado esos ojos. Los indígenas vieron a los invasores como dioses. Los españoles vieron a los indígenas como harapientos salvajes, ni siquiera humanos. ¿Entiendes? Nosotros seguimos mirando así, seguimos mirándonos así, ¿cómo vamos a poder comprender nada de lo que sucede en nuestro propio pueblo?

–Pero para qué digo todo esto –prosiguió y siguió caminando, los ojos fijos en la vereda–. Cuando acabe esta dictadura, si aún estamos vivos, cosa que dudo, ya no quedarán ojos para ver ningún arte. Y si quedan ojos, servirán nada más que para ver lo que dejó la hecatombe. Buscamos a dios en Miguel Ángel, y no alcanzamos a ver lo trascendente que surge a nuestro alrededor.

—A mi alrededor veo solamente las paredes de mi celda —dije sin pensar, automáticamente, inhalando las ideas de Julián, y en ese instante trágico él pareció ser arrebatado de mi presencia por una vorágine poderosa, como si una fuerza sobrenatural lo alejara y en su lugar levantara instantáneamente paredes de cemento. El vértigo me ganó inmediatamente, la angustia me provocó un vacío tan feroz que me pareció que mi cuerpo se desmoronaba sobre sí mismo, adolorido y magullado. Entonces cerré los ojos y apreté los párpados con toda mi fuerza. Apreté los párpados y negué todo. Negué el vacío, negué la pared de cemento. Negué la ausencia de Julián. Los puños me dolían adentro de los bolsillos. Pasaron unos instantes, o unos siglos. Poco a poco la sensación de despojo me fue abandonando, y al abrir los ojos nuevamente lo vi allí, mirándome con su sonrisa a medio camino entre la ironía y el cariño, blanco en la noche oscura, apasionado en un mundo sin pasión.

Sin darnos cuenta habíamos llegado nuevamente a su casa. Nos detuvimos en la desembocadura del pasillo empedrado donde un farolito de hierro negro señalaba la puerta de la familia Esquer. Julián miraba los ladrillos carcomidos del paredón, que a la luz incierta de la calle parecían una suerte de jeroglífico, una página historiada de algún libro secreto. Nos despedimos sin efusión, él aún enfebrecido por la exposición de sus convicciones, yo luchando en un universo en que las imágenes de los dioses renacentistas se mezclaban con los paredones ciclópeos de las ruinas aborígenes y las escritas en las paredes de la ciudad, y bailaban una danza sin música en mi cabeza atiborrada de palabras.

Julián tenía la capacidad de envolverme en sus reflexiones de manera tal que yo acababa convenciéndome de todo lo que decía, pero quedaba en mí una sensación de dique

que se rompe, como si una marejada de nuevas ideas e imágenes que estaban aprisionadas en algún lugar recóndito de mi inconsciente, de repente se precipitara sobre mi cerebro, arrastrando consigo todo lo que hallaba a su paso, como un aluvión incontenible. Rehacía entonces mi camino consumido por mis cavilaciones, en un silencio tan reconcentrado que hasta el mismo rumor de mis pasos parecía reabsorberse en mí mismo, dejando a la noche sin estrellas privada del eco de mis pisadas, único signo de vida en esa ciudad deshabitada donde la vida misma se había retirado en espera de tiempos mejores.

Pasaban las noches como los pasos de nuestras caminatas.

Haciendo un eco sordo en las paredes de esas calles que nunca tenían estrellas, y que yo sabía que se asemejaban tanto a un único pasillo de techo bajo, gris, subterráneo. A veces incluso dudaba sobre la existencia misma de esas noches, como si se tratase de un conducto imaginario hacia mi propio infierno, o verdaderamente era una calle, la calle en la que caminaba junto al único hombre con el que podía hablar en esa ciudad deshabitada en que se había convertido mi vida.

Fue una de esas tantas noches cuando Julián sufrió un ataque de dolor que lo hacía retorcerse sobre sí mismo. Estábamos en su habitación y él mismo me prohibió que avisara a su madre. Lo veía sobre la cama, semidesnudo, blanco y pálido, con las manos de dedos largos y transparentes sobre el estómago. Apretaba los párpados y su boca se contraía. Yo estaba sentado a su lado con impotencia, tratando de tomarle una mano que se le caía a un costado de la cama e inmediatamente sustraía para llevarla nuevamente al estómago, y no emitía un solo quejido, pero su expresión revelaba una agonía inmensa. Trataba de hacerle beber agua a sorbos, pero muchas veces llegaba con sus labios hasta el borde del vaso y volvía a caer en la cama crispado en un espasmo que arqueaba su cuerpo y llenaba de gotas opalescentes la frente sobre la cual el cabello castaño claro se humedecía exánime. En esos momentos yo observaba su cuello tensarse y distenderse alternadamente, su cuello firme y su nuca casi de adolescente cuando se giraba sobre sí mismo, con las manos aún sobre el estómago, y hundía la cara transpirada en la almohada y su espalda parecía alargarse y endurecerse por instantes, mientras las piernas casi ajenas al resto del cuerpo seguían sin voluntad propia los movimientos espasmódicos del tronco. Después volvía a girar y su cara estaba blanca, la boca se secaba y se partía en mil fragmentos paralelos, y lágrimas de ira se colaban por las comisuras de los párpados exasperados. No podía dejar de mirarlo con los ojos fijos, apresados por una especie de morbosidad, o de piedad, no lo sé. Sentía que no podía hacer nada para aliviar su dolor, pero que mi impotencia no se limitaba a su sufrimiento físico, era la imposibilidad de hacer nada por su vida, por su alma. Era como si me viera a mí mismo y supiera que nadie, ni siquiera yo mismo, era capaz de ayudarme. Si yo hubiese estado sobre un lecho de tortura, sin duda me habría visto sufrir de ese modo.

Por momentos Julián abría los ojos castaños y me miraba como si me viera por primera o última vez, y la luz mezquina de la lámpara arrancaba un destello agudo en sus pupilas antes de que los párpados se cerrasen de nuevo y convirtieran su rostro en la máscara de Agamenón, hecha de un oro muy pálido. La máscara de un rey muerto hacía milenios.

Pasé toda la noche sentado junto a su cama. Lo sentí que se dormía frente a la ceguera de mi espalda cuando yo escudriñaba por la ventana el patio oscuro, tratando de divisar un fragmento de cielo entre el ramaje negro del árbol, negro el árbol y negro el cielo sin estrellas de ese mundo desaparecido para toda esperanza.

Cuando Julián volvió a sufrir uno de esos ataques de dolor, decidí forzarlo y arrastrarlo a un hospital. No fue una tarea fácil, pero en sus contorsiones, su cuerpo casi se abandonaba a mis brazos y me permitía conducirlo fuera de esa habitación asfixiante, de esa casa donde el único color que parecía restallar en la eterna noche de las paredes, era el rubí perfecto del vaso de Julia, su madre, sobre la mesa de la cocina.

Lo subí a un taxi y abracé sus hombros mientras recorríamos el breve trayecto hacia el hospital público. El taxista nos miraba por el espejo retrovisor, tal vez temiendo que fuéramos borrachos o drogados. Tenía un bigote de color pajizo y una cabeza chata en la que tiras de cabello electrizado que surgían de las sienes se empeñaban en tapar la calva superior, desafiando la ley de gravedad. En algún momento comprendió que no éramos lo que había temido, porque cuando nos bajamos del automóvil en la puerta del hospital, nos dijo a modo de consejo:

—Vayan con cuidado, si los meten adentro no salen más.

Y con esta sentencia arrancó y se alejó sin esbozar la mínima expresión bajo los bigotes de paja.

La sala de urgencias tenía su entrada debajo de la inmensa escalera con que se trepaba a la fachada de esa mole estilo barco que sostenía el cielo negro con centenares de ventanas encendidas, como si quisiera suplir la falta de estrellas arrojando a la noche esos cuadrados de lucecitas emanadas del insomnio sufriente de quién sabe cuántos seres humanos.

La escalera se abría como una valva desmesurada y debajo de sus alas de cemento había una calle que se hundía en su vientre, en cuyo centro se encontraba la puerta doble que daba a la sala de espera de las emergencias.

Empujé la puerta con una mano y con la otra sostenía a Julián, doblado sobre sí mismo en un espasmo de dolor, y ante nosotros se abrió un escenario de miseria humana reunida en el exiguo espacio de la antesala. Ayudé a Julián a sentarse en una silla y me dirigí a la recepción, algo así como una cruza entre ventanilla de banco y mesón de ofertas, donde un hombre teñido por la desventura que reinaba en el lugar me tomó el nombre y lo agregó a una lista de espera. Regresé junto a Julián, que seguía casi inmóvil, doblado sobre su estómago, a no ser por esporádicos estertores que lo sacudían como terremotos cuyo epicentro debía situarse sin dudas en el centro de su cuerpo, allí donde mi amigo mantenía apretados los brazos, cruzados como si protegiera de ese dolor al mundo.

Había que esperar, sumergidos en esa pecera de monstruosidades heridas, donde pobreza material y miseria cultural se conjugaban en cuerpos deformes, devastados y a menudo malheridos.

Frente a nosotros había dos mujeres de pie. Hablaban desde sus gorduras cruelmente apretadas en ropas que parecían hechas para lacerar, acentuando las exacerbaciones de sus cuerpos desbordados. Una de ellas, la más maciza, tenía sobre un brazo el tatuaje morado de un sol, o una mancha que podía interpretarse como un sol, y en los tobillos hinchados por el descomunal peso del cuerpo, brazaletes de quién sabe qué materiales, antes de desembocar en sandalias con tiras de colores, una suerte de máquina kafkiana para esos infelices pies mínimos bajo la mole que se erguía arriba y de la que debían ser base y sostén. Me llamó la atención que la mujer tuviera las uñas pintadas de rojo, y en cada una de ellas hubiera impreso lunares o estrellitas de otros colores, de manera tal que cuando gesticulaba, cosa que hacía incesantemente, parecía que destrenzaba guirnaldas parpadeantes de algún árbol de Navidad surrealista. La compañera, con el pelo teñido de varios colores que naufragaban en una amplia paleta desde el amarillo al negro, pasando por el rojo, el marrón y el verde, se acomodaba continuamente los pantalones jeans, como si pudieran caérsele y resbalar por el cuerpo lleno de rollos de grasa, si bien lo que debía ser la cintura había sucumbido hundida en un abdomen sorprendentemente macizo en comparación con su trasero ancho y vibrante.

Hablaban ambas mujeres como si fuera lo último que iban a hacer antes del fin del mundo, y tuvieran que revelarse secretos clave para la supervivencia de la humanidad, hasta que la puerta de los consultorios de guardia se abrió y salió un hombre flaco como un cadáver, con la mitad de la cara ensangrentada, de manera tal que se le veía un solo ojo. Caminaba tambaleándose aunque más parecía por efecto de una fenomenal borrachera que por el porrazo que tenía en la cabeza. Dio algunos pasos que debieron dirigirse a la puerta de salida, aunque se curvaron peligrosamente hacia una pared, y poco después un hombrecito bajo y macizo, que debería ser un enfermero, salió apresuradamente de los consultorios, lo tomó de los brazos por atrás, y lo volvió a conducir adentro. Las mujeres focas volvieron a su importante conversación y Julián seguía doblado sobre sí mismo, aunque ya parecía no temblar.

Sentí que alguien me tocaba el hombro: giré la cabeza y a mi lado vi una mujer de rasgos andinos, oscura y pequeña como los incas de la Puna boliviana, con el pelo negro y brillante aceitoso y finamente trenzado sobre la espalda. La acompañaba otra mujer de idénticos rasgos pero más joven.

–¿Qué le pasa a su amigo? –me preguntó la anciana.

–Le duele el estómago –respondí sin demasiada convicción, extrañado de que me dirigiera la palabra. Por lo general los quechuas no hablan a los blancos sino es para comerciar con ellos, y entre sí se comunican en la antigua lengua indígena.

–No tiene nada que hacer aquí. Váyanse rapidito, antes de que vengan los otros. No les gustan gentes como ustedes.

Habló con los diminutivos con que su pueblo transforma el español en una lengua más gentil. Pero no me convenció su argumento, y un poco irritado pregunté:

–¿Cómo me voy a ir, si todavía no lo ha visto ningún médico?

–Nadita pueden hacer los médicos por su amigo, dolor que tiene no es del cuerpo.

Di vuelta la cara sorprendido por esta intromisión inesperada, y Julián levantó la cabeza, estaba demacrado y exhausto, había aflojado los brazos y parecía mucho más relajado.

–Vamos –me dijo. Estoy bien, vamos a casa por favor.

Me dijo estas palabras con una tal expresión de ruego que casi mecánicamente empecé a ponerme de pie y a ayudarlo a levantarse. Julián, lo estaba aprendiendo, no pedía nada por favor, y esto era una verdadera excepción.

En esos momentos se abrieron las puertas de los consultorios y salió nuevamente el hombre esquelético, ahora con la cara lavada y varios apósitos que se repartían entre la cabeza y el cuello, pasando también por el ojo que antes era invisible a causa de la sangre coagulada, y ahora había quedado cubierto de blanco, dándole el aspecto de un pirata de cuento para niños. Las mujeres habladoras detuvieron también esta vez su parafernalia verbal para mirarlo, y en efecto el hombre fue a dar contra las sillas en su intento por alcanzar la puerta de salida. Otras personas que estaban allí lo ayudaron a incorporarse y lo condujeron afuera.

La pobreza y el patetismo de ese grupo humano marginado y doliente me habían impresionado a tal punto que sólo atiné a detener mi marcha junto a Julián y a observar cómo se ayudaban entre ellos, con los gestos solidarios que suelen surgir entre los seres más desgraciados, cuando la adversidad se encarniza con uno de ellos y hace parecer al resto su suerte un poco menos injusta. Entonces se asomó el hombrecito vestido de enfermero y llamó: *Toribia Galarza*, y la anciana de la trenza se levantó de la silla con muchísima dificultad, y ayudada por la más joven se dirigió a los consultorios sin dedicarme ni siquiera una mirada.

Atravesamos las puertas por donde habíamos entrado y salimos a la noche negra. Yo ayudaba a Julián, aunque ya podía caminar solo y parecía casi libre del dolor, o al menos el dolor era soportable.

Cuando íbamos saliendo del recinto del hospital, un camión militar pasó a nuestro lado y entró en el jardín, descendió la rampa donde se hallaba la sala de emergencias, y se detuvo. Nosotros también nos detuvimos a observar: un grupo de soldados armados bajó de la parte posterior del camión y entró por las puertas que habíamos atravesado con Julián minutos antes. Tomé a mi amigo del brazo y apuré el paso hacia su casa, sin volver a mirar hacia atrás.

Julián se recuperó de su ataque, y empezó a hablar nuevamente. Parecía como si tuviera una cierta urgencia por decirme cosas importantes, o que el tiempo le fuera a faltar para abrirme la mano de sus historias en cuya palma las piezas de un rompecabezas improbable seguían jugando a las escondidas con mi mente. Qué me decía la mente en esas largas charlas. Por momentos sentía como si yo mismo fuera quien hablaba; algo imposible, hablarme a mí mismo desde fuera. Sin embargo Julián seguía allí, creación de mi delirio o amigo ideal.

Habló de Laura, y si bien su discurso siempre era entrecortado y fragmentario, creí entender a través de la historia de su hermana que su padre no se había marchado por su propia voluntad de la casa, sino que se lo habían llevado. Esta segunda versión podía ser radicalmente diferente a la primera historia sobre la partida de su padre, o acaso se complementaba. No podía saberlo, porque era muy difícil interrumpir a Julián cuando comenzaba a discurrir sobre estas cosas, y tenía la habilidad de no responder nunca a las preguntas, o más bien nunca respondía de una manera lo suficientemente precisa como para satisfacer mi curiosidad, sino que era capaz de irse por las ramas y caer en un tema diametralmente alejado del que había originado la pregunta.

A veces me daba la impresión de que lo hacía a propósito, y que cuando yo más interesado estaba en algo, cuantas más dudas tenía y empezaba a manifestarlas, él tomaba pie para lanzarse a otro argumento, así, inesperadamente, empezando a hablar, con una habilidad de prestidigitador, de otra cosa que era muy difícil vincular con la que había generado mis cuestionamientos. Era como si mis preguntas fueran una suerte de obstáculo fenomenal en el curso fluido de su discurso, y cuando se enfrentaba a una de ellas este flujo se desviaba dando un salto increíble hacia otro cauce, por donde proseguía con toda la potencia de su caudal.

En cuanto a la partida de Laura, la historia era cada vez más ambigua: cuando hablaba de su hermana, Julián mezclaba sus sentimientos con sus recuerdos, el increíble relato de la ausencia de Laura se volvía casi onírico, y no era nada fácil distinguir si había ido en busca del padre, o se había marchado simplemente de su casa, de ese encierro que se me antojaba obsesivo y asfixiante. Pensé en esos momentos que tal vez Laura escapaba de otra dictadura que nada tenía que ver con el gobierno militar que asolaba el país, sino con la opresión que el amor obsesivo de Julián ejercía sobre ella. Pero mirando a Julián esa noche, abatido por el dolor y totalmente indefenso, y recordando la expresión con la que en la sala de espera del hospital me había pedido que lo llevara de regreso a su casa, pensé que su amor no hubiera podido nunca sofocar a Laura. Imaginaba a su hermana como una mujer de carácter, capaz de tomar sus propias decisiones. Pero todas eran conjeturas, como conjeturas era toda la existencia de Julián para mí. A veces pensaba si no sería yo quien lo presionaba para saber de su vida más de lo que él mismo comprendía; o debería decir, para darle una interpretación a su vida según mi propia curiosidad, o mi visión del mundo, no lo sé. Creo que en esos momentos no me daba cuenta de que todas las posibilidades de interpretación de la vida de Julián estaban en mis manos, y que paradójicamente su ausencia definitiva iba a ser la clave para descifrar lo que para mí en esos días era un misterio.

Cada vez que tenía estas conversaciones con Julián demoraba el regreso a mi casa lo más posible. Alargaba el camino avanzando en zigzag, vagamente en la dirección hacia la que debería dirigir mis pasos, y en esa ruta incierta y acompasada por el silencio innatural de la noche, reflexionaba sobre lo que me estaba sucediendo. Tenía plena conciencia de que mi existencia entera había cambiado desde que conocí a Julián, y que, en cierto modo, me parecía haber empezado a vivir desde aquella noche en que me abordó a la salida del cineclub. Sin embargo, y a pesar de esta neta sensación que era como una certeza, sentía que algo en mí se había despertado, sí, desde aquella noche, pero que era algo mío, algo que yo tenía adentro y que me pertenecía por completo. No podría llamar dolor a una sensación tan vital como la que movía mis pasos en esas noches frías de principios de junio, porque la amistad con Julián me hacía recorrer senderos inhabituales dentro de mí mismo y de la propia realidad; dolor no era, quizás, la intuición de que aquella relación inusual me llevaría antes o después a la boca de una vorágine de la cual muy probablemente no podría sustraerme, y de la que tal vez estaba mucho más cerca de lo que temía. ¿Era yo mismo quien me había aferrado a la dentada cornisa de esa vorágine para escapar a la muerte, o en realidad existían esas noches, esas caminatas, el mundo de Julián, fuera de mi celda de cemento y de la cámara de torturas del campo de concentración?

Julián tenía el poder de movilizar en mí mis propias pesadillas, y esa historia un poco surrealista de su familia se me antojaba el telón de fondo de otra gran obra maestra que estaba montando para mí, o para él mismo tal vez. Era esa obra una estructura necesaria para sostener un teatro que amenazaba con derrumbarse, que estaba tal vez condenado por obsoleto o subversivo en ese mundo inicuo en el que vivíamos esos días. Pero qué era lo que se movía dentro de mí con esas historias, con las charlas de horas encerrados en la claustrofóbica habitación de mi amigo o caminando por esas calles largas y grises sin estrellas, no lo sabría definir. Lo que fuere, lo que despertase Julián en mí, sin duda era irreversible. Porque por primera vez en mi existencia yo sentía que tomaba posesión de mi condición de hombre, no sólo como macho de la especie a la que debía pertenecer, como ejemplar sexuado, sino también como ser humano, como persona capaz de pensar, de sentir, de decidir sobre sí misma. Por eso había veces en que odiaba a Julián, lo despreciaba con ese desprecio desgarrador con que se desprecia a un dios en los momentos en que la incapacidad de comprender nos lleva a la furia contra lo absoluto. Si dios existía, si algo inmortal existía, había algo de él en Julián, y desde allí me hablaba, y sobre todo, y eso era lo que más me quemaba, había algo de él en mí mismo.

Pero yo regresaba incesantemente a su compañía, lograba dejar de lado mi propio monólogo y volvía a escucharlo, porque era lo único que me salvaba. Si había alguna razón por la cual aún no habían logrado acabar conmigo, esa razón era la historia.

Una de esas noches afiebradas en la habitación de Julián, mi amigo se puso a hablar otra vez sin parar, como si tuviera que confesar todos los resquicios de su biografía, pero lo hiciera voluntariamente de manera tan delirante y desordenada que resultaba más trabajoso colocar una pieza junto a la otra que dejar que alguna ley del caos organizase los innumerables fragmentos de su relato. Volvió a reconstruir la historia de su abuelo dandi y jugador, que había dejado a su abuela y a toda la familia en la calle antes de colgarse de una viga de la maderera; habló de la empresa familiar llamada Pasco, aún en litigio entre los abogados; de su abuela Genoveva, esa mujer imponente y tiránica que vivía encerrada en su habitación del fondo del pasillo, urdiendo maneras de recuperar sus propiedades y lanzando maldiciones de rencor hacia los miembros de su familia y hacia toda la humanidad en general. Por las apasionadas descripciones de Julián, yo imaginaba a Genoveva como un ser temible, una suerte de Juno enfurecida capaz de vengarse terriblemente de todos los que se le cruzaran en el camino para mitigar con su furia los despechos causados por ese marido demasiado inclinado hacia las tentaciones terrenales.

Cuando habló nuevamente de su padre, mi amigo pareció calmar un poco sus ínfulas trágicas, pero su versión cambió esta vez radicalmente, y me encontré con que Leopoldo Esquer se había ido con otro hombre, aunque no entendí si se trataba de un acto de total voluntad o había sido inducido. Julián no parecía acusar a su padre por el abandono ni por la traición a su madre, pero hablaba de él con una cierta distancia, como si se tratase de un conocido o de alguien que tangencialmente estaba relacionado con su familia. Me costaba imaginar que su padre hubiera sido arrastrado por otro hombre a abandonar su casa, y que se hubiese marchado ¿adónde? en tiempos en que todo el país era un campo minado donde la delación había sido instaurada como estrategia y las personas desaparecían de un momento a otro, llevadas a lugares inimaginables por hombres que bajaban de automóviles color verde. Pensé entonces que Leopoldo Esquer hijo debía haber proyectado sobre su familia una sombra muy ambigua como para que Julián hablase de ese modo de él, y para que su hija abandonase todo para ir en su busca, si ésa era la versión definitiva sobre la suerte de la hermana mayor de mi amigo.

Al hablar de Laura, Julián dio a sus palabras un brillo fantástico, y su hermana esa noche se convirtió en la mujer más hermosa de la ciudad, con su abundante cabellera oscura y ondulada, sus ojos verdes y su piel blanca y luminosa. Laura era la diosa Tetis condenada al exilio por excesiva demostración de amor al padre de los dioses. Exilio era otra palabra que se había vuelto moneda corriente en el país, una palabra que encerraba la única posibilidad de escape hacia un mundo que necesariamente debía ser mejor que ese brazo de la muerte en que vivíamos; una palabra que para la mayoría de nosotros era sinónimo de libertad.

Yo sabía muy bien lo que significaba el exilio, sabía que a veces no era necesario hacer una valija y tomar un avión para escapar del horror; también la mente podía fabricar su exilio, su particular enajenación que la salvara de la locura. Ése era mi exilio.

Pero Laura parecía haber elegido un camino mucho más arduo y más misterioso. A través de las palabras entremezcladas de Julián no logré dilucidar si su hermana había emprendido la Cruzada imposible de rescatar a su padre de las fuerzas del mal que nos dominaban, o había ido tras él como el ángel de la verdad implacable, armado con su espada de luz para iluminar su vida y hacerlo regresar a casa. Sin embargo, creí entender que Julián estaba ligado a Laura por un amor innombrable, una relación incestuosa en la que ella parecía detentar el protagonismo y el poder de decisión, algo totalmente inédito en el Julián que yo conocía.

Laura esa noche no era humana, o mejor dicho, era más humana que todos los seres humanos, era el símbolo del amor universal, el modelo de la belleza y el deseo, la estatua iracunda de la venganza y el jinete de un Apocalipsis que me parecía tan delirante como terrible.

Finalmente, después de horas de monólogo, Julián se durmió, pero su sueño era tan agitado como lo había sido su vigilia. Se movía en la cama estremecido por algún tipo de fuerza interior, apretaba los párpados y transpiraba, a pesar de que la temperatura bajaba cada vez más. Murmuraba con la boca casi cerrada, y un instante después apretaba los labios como si soportara una rabia que no podía pronunciar. Me acerqué a su boca, acerqué mi oído a su boca y traté de escuchar lo que escapaba de sus labios. Me pareció, o quizás fue también mi imaginación ya atiborrada y agotada, que la palabra murmurada repetidamente por Julián era *demonio*.

La noche siguiente, cuando toqué la puerta de su casa, no salió nadie. Me quedé un rato observando el mendicante farolito colgado sobre el dintel y su luz mustia, y arriba el cielo negro, sin estrellas, liso como una lápida de acero bruñido, pero sin el brillo del metal, sólo con su dureza y su densidad pesada a punto de precipitarse sobre todo el barrio. Qué parecida era la noche a una celda de cemento.

Golpeé nuevamente, esta vez con mayor energía, y mis propios nudillos me apartaron de esos pensamientos lúgubres. Al rato escuché unos pasos livianos. No eran los de Julián, sin duda. Me abrió la puerta Julia, el cabello claro tomado descuidadamente en un lazo sobre la nuca, y la cara de muñeca envejecida, cansada como si no hubiera dormido desde hacía incontables noches. Tenía la misma forma de ojos de Julián, pero los suyos eran muy claros, quizás verdes. Me pregunté si serían como los ojos de Laura.

—Pasa, Julián no está —me dijo con una voz que parecía haber recogido todos los esfuerzos últimos de su día, o de su noche, para salir de su boca.

No supe muy bien qué decir. Estaba tan seguro de encontrarlo, como todas las noches, que me quedé mudo unos instantes. Miré el perchero del vestíbulo y el Montgomery azul había dejado la huella de su ausencia.

—¿Adónde fue? —me salió de la boca casi abruptamente, de manera atropellada.

—No sé. Andará caminando por ahí, sabes cómo es —respondió Julia y se sentó a la mesa de la cocina adonde habíamos llegado en el despojado intento de diálogo hilado penosamente desde que me abriera la puerta. Se sentó a la mesa frente a las hojas blancas dispersas, a varias cajitas abiertas de acuarelas y un jarrito con pinceles. Y frente a un vaso lleno hasta la mitad de un vino sombrío, iridiscente. No supe qué decir, no sólo porque no encontraba a Julián cuando debería haber estado en su casa, sino sobre todo porque la afirmación de Julia *sabes cómo es* me puso inesperadamente frente a la certidumbre de que yo no sabía cómo era en verdad Julián, a no ser que uniera a la fuerza las innumerables piezas del rompecabezas del relato de su existencia e intentara formar con ellas el paisaje imposible de un hombre inescrutable. Sabía cómo eran dos, tres Julianes tal vez, pero el conjunto de Julianes que tal vez integraban su ser me resultaba escurridizo e indescifrable.

Julia prosiguió su labor con las acuarelas y yo no sabía qué hacer. Me metí las manos en los bolsillos de la campera y cerré los puños.

—¿Tardará mucho? —pregunté dándome cuenta yo mismo de lo absurdo de una pregunta que no hubiera tenido respuesta ni siquiera para el mismo Julián.

Julia levantó los ojos de la hoja en blanco y me miró mansamente, con esos ojos que naufragaban, acuarelados también ellos en el papel ya marchito de su bello rostro. En ese momento apareció por la puerta de la cocina una viejita pequeña, de aire amable, con el cabello gris blanquecino recogido prolijamente en un rodete, y vestida con una falda marrón y un pulóver verde. Hacía con las manos el gesto habitual en los viejos, se las frotaba una con otra, como si hubiera acabado de terminar las tareas de la vida y se dispusiese a alisarse humildemente la falda y la blusa para acceder al estrado del juicio final.

Me miró con sus arrugados ojos castaños y esbozó una sonrisa blanda.

—Buenas noches —dijo deteniendo el paso.

Me acerqué a ella y le di mecánicamente un beso en la mejilla, mientras caía en el abismo de la realidad y dentro de mí se fracturaba justo en el centro el rompecabezas tan trabajosamente urdido, dejando caer sus piezas a docenas en algún hueco del cual, lo sabía, me iba a ser muy difícil rescatarlas.

–Mucho gusto, le dije, retrocediendo un paso como para observar mejor su figura enmarcada por la puerta sombría de la cocina.

–Yo soy Genoveva, la abuela de Julián. Usted debe ser su amigo. ¿Qué hace parado? Sáquese esa campera que le preparo un cafecito. Ya se está poniendo frío –y se dirigió a la alacena, abrió una puertecita y sacó un pocillo de café decorado con dibujos geométricos negros y rojos. Obedecí a sus palabras con la automaticidad que nos impone ser testigos de una revelación. Hubiera querido tener a Julián a mi alcance para zamarrearlo y obligarlo a que me confesara qué había sido toda esa historia de la abuela terrible e imponente encerrada en el delirio de su cuarto.

Con mansedumbre me senté a la mesa. Sentí que Julia me miraba mientras bebía de su vaso, y un rayo de rubí se desprendió del vino maligno que se escurría desde el vidrio hacia su boca. Era un vaso mediano de vidrio basto, acanalado, que seguramente tenía debajo las letras en relieve de su procedencia. Un vaso como los vasos de industria argentina que había en todas las casas de clase media de ese país sin límites; los vasos decorosamente pobres en los que habían bebido los inmigrantes y los hijos de los inmigrantes, y que ya se preparaban para esfumarse en el olvido arrasados por las imparables mareas de las industrias extranjeras que invadían el país. Era un vaso que yo conocía muy bien, no sólo por mi infancia modesta, sino por mi prisión, mi rutina de encarcelado. Pero yo no podía desprender mis ojos de esa abuela que muy bien encajaba en todos los relatos sobre las abuelas bondadosas del mundo, pero jamás en las descripciones escalofriantes que había hecho Julián de la iracunda madre de Leopoldo Esquer.

–Juliancito ha salido, yo le dije que se abrigara, pero este chico es tan testarudo –empezó a hablar y la escuché maravillado, rogando interiormente que prosiguiera, que me diera una visión humana de Julián, una imagen real, hecha de los mismos elementos que esa cocina modesta: de madera, de vidrio, de loza barata. Que sus palabras escaparan del universo tétrico de esa mente que me había descrito a su familia como un conjunto de todas las pasiones desatadas y las maldades del mundo, y depositara esa imagen suavemente en el suelo de la realidad cotidiana, esa realidad tal vez fea pero querible de cada casa, de cada vida humana.

—Julián me mostró fotos suyas —dije tratando de frenar la inseguridad de mi voz y dando a mi frase la naturalidad de un comentario banal.

—¿Mías?

—Sí, de usted y de su esposo cuando llegaron del País Vasco.

—Ah no, usted se equivoca, no soy yo, son mis padres. Tampoco tengo cien años —dijo con su sonrisa blanda mientras esperaba que el agua hirviese en la pavita de aluminio puesta sobre la hornalla. Mi mamá era de origen francés, pero nacida en Bilbao.

Caí en la cuenta entonces de que los personajes de las fotos que me había enseñado Julián se veían más decimonónicos que del siglo XX, y que en efecto, Genoveva hubiera debido tener más de un siglo si hubiera sido la dama elegante de las imágenes en sepia. Decidido a saber más, o a demoler definitivamente las historias tramadas por la fantasía de Julián, agregué:

—Fuimos a ver la maderera, Julián dice que está en litigio…

—¿La maderera? Ay este Juliancito, un día se lo van a llevar preso. Vendimos todo hace tanto tiempo, la enfermedad de mi marido y la crisis del sesentaysiete casi nos dejan en la calle. Qué vamos a hacer —hablaba sucintamente, como si yo supiera los verdaderos hechos, ésos que ella mencionaba con sencillez mientras servía el café apenas preparado en el pocillo y lo llevaba lenta y temblorosamente hasta la mesa.

—Lástima que han dejado todo abandonado, ¿no? Tendrían que demolerlo, un día se le va a caer en la cabeza a alguien. ¿Quiere azúcar?

Dije que sí y me dio más rabia. No sabía si Julián se había burlado de mí o simplemente me había usado para dar cuerpo a sus fantasías.

–Mi marido era tan buen hombre, no tenía carácter para dirigir una empresa, era demasiado generoso. Mi padre en cambio tenía más carácter, era vasco, usted sabe. Pero el pobrecito murió joven y mi mamá no era lo mismo. En esos tiempos las mujeres... Cuando mi marido heredó la maderera ya las cosas no eran como antes. Este país... es lo que es.

Hizo una pausa, se sentó también ella a la mesa, y se dedicó a desenroscar una lata tubular y vetusta que decía *bizcochos Canale*. De adentro sacó galletitas redondas de miel que acomodó en un platito de loza tan viejo que estaba atravesado por finísimas nervaduras, tan intrincadas y sutiles que parecían el sistema circulatorio de la loza, y en cambio de denunciar su vejez decoraban finamente su superficie marfileña. Me parecía estar dentro de una película de Walt Dysney, cuando hubiera debido naufragar en una escena de David Lynch. La abuela ideal prosiguió, sin notar mi debate cinematográfico interior:

–Usted sabe cómo son las cosas, para manejar dependientes hay que tener mano firme, y mi marido, Leopoldo, era un bonachón. En fin, después le dio el Parkinson y ya no pudo seguir. Al final pudimos vender la maderera más que nada como terreno, porque las máquinas eran viejas y no quedaba nada de valor. Pero todo eso está abandonado hace añares, yo no paso por ahí ya ni sé desde hace cuánto tiempo.

Julia se levantó de su silla, tomó el vaso ya vacío y se acercó a una esquina de la mesada, donde había una botella de vino. Se sirvió en silencio. Genoveva parecía no mirarla. Volvió a su sitio, se sentó y no tocó el vaso casi lleno ahora. La luz raquítica de esa cocina se refractaba en la piedra preciosa del líquido colorado, como colorada debe haber sido la sangre de un mamut; la luz vencía la tosquedad del cristal y emitía destellos como diminutas dagas de rubí. Terminé mi café bajo la mirada amable de Genoveva y me levanté para marcharme.

–Si encuentra a Julián dígale que no vuelva tan tarde. Hoy en día las calles ya no están para andar caminando por ahí –dijo la amable abuelita antes de despedirme.

La calle se humedecía con los lengüetazos venenosos de un cielo donde nunca brillaba una estrella, y se fragmentaba turbiamente bajo los faroles que dejaban el diseño de la luz y la sombra al follaje ya moribundo de los inmensos plátanos.

Caminé no sé cuánto tiempo. Mis pasos tejían y destejían una trama entrecortada en zigzag, para luego regresar en sentido opuesto, tratando de pasar por otras calles y después aun trazando diagonales, siempre en el barrio viejo, donde yo sabía que Julián amaba vagar sin rumbo, escuchando a veces solamente el rumor de sus propias pisadas sobre el pavimento.

Había alimentado con mi amigo el hábito de esos paseos nocturnos, desafiando el terrorismo que imponían en las calles de la ciudad los camiones militares y más aún, los automóviles verdes de los allanamientos. Caminando con Julián había perdido el miedo que durante años me había retenido en el encierro y en la oscuridad. Salíamos a esa ciudad nocturna y acostumbrábamos a pasar muchas horas caminando sin derrotero, prisioneros del ojo de un ciclón que no nos permitía más que eso, girar en círculos y horadar el mismo suelo, como horada el prisionero el suelo de su celda en sus horas de desesperación.

Atravesé el barrio viejo y desemboqué en la Costanera, la avenida que bordea uno de los grandes canales que delimitan la ciudad. Era un lugar al que raramente llegábamos con Julián, que evitaba los espacios demasiado abiertos y las calles transitadas, y por lo general prefería las callejuelas despobladas y abovedadas de nudosos árboles que entrelazaban sus ramas y custodiaban con troncos centenarios el margen de las veredas.

Estaba por volver sobre mis propias huellas cuando lo vi, al otro lado de la avenida, junto a la baranda de hierro sobre el canal. Estaba con otra persona, hablaban y me daba la espalda. Me acerqué cautelosamente, crucé la avenida y fui aproximándome casi por detrás de los árboles junto a la acequia. La sombra lisa de la noche me ayudaba, y el pasaje de algunos automóviles por la avenida tapaba cualquier rumor de pasos. Julián estaba hablando con un tipo flaco, de aspecto callejero, vestido con un pantalón estilo jardinero, de color naranja, inusualmente liviano para el frío de junio, y un pulóver de lana marrón y amarillo que le quedaba varios talles más grande. Tenía una cabeza pequeña y el pelo largo y claro, pero no parecido al de Julián, sino de un claro con tintes verdosos, partido con una raya al medio. Sus ojos, que aún no podía ver, eran grandes y lanzaban luces como estacas sobre el rostro de mi amigo, que permanecía en la sombra. Hablaban excesivamente cerca uno de otro, y en un cierto momento el desconocido tomó a Julián por el cuello del Montgomery, y a pesar de su extremada flacura y su no mucha altura, lo tironeó de modo tal que dio la impresión de que lo alzaba del suelo. Julián se liberó de las manos de su interlocutor y abrió su Montgomery, metió la mano derecha bajo la parte izquierda del abrigo, sacó algunos billetes doblados, y se los dio. El individuo sonrió con una sonrisa que casi partía en dos su cara afilada y ladina, y se metió el dinero en un bolsillo de su jardinero anaranjado. Le tomó la cabeza con las mismas manos articuladas con las que lo había levantado de la solapa, y le dio un beso en la boca. Julián permaneció inmóvil con las manos en los bolsillos. Se miraron un instante aún y el tipo dio media vuelta alegremente y se alejó por la vereda de cemento que bordeaba el canal. Al llegar al próximo puente dobló hacia su izquierda y lo atravesó sin volverse una sola vez. Julián permanecía quieto, mirándolo, como quien ve marcharse devorado por el tiempo un episodio de la propia vida que aún no sabe si calificar como feliz o desdichado.

Con la misma expresión reconcentrada y muda me contempló cuando me le acerqué y me detuve frente a él, dispuesto a decirle toda clase de insultos y a la vez mudo también yo ante la fuerza hierática de su silencio.

−¿Me estabas espiando? −me dijo al cabo. Y empezó a caminar rumbo a su casa, en la dirección opuesta de la que había tomado el individuo flaco del jardinero anaranjado.

Caminé a su lado y cuando cruzamos la avenida para internarnos en las callejuelas del barrio viejo le pregunté con furia: −¿Le pagaste? ¿Le pagaste a ese tipo?

Se detuvo sobre sus propios pies, como si estuviera dispuesto a pisar su misma huella para siempre, y con una frialdad que no le conocía pero sospechaba, me miró directamente a los ojos y me dijo:

−No me interesa tu juicio burguesito. Ya espiaste, ya sabes. Ahora puedes irte. Y siguió caminando con la seguridad de quien se reconoce absolutamente solo.

Me quedé parado en el mismo lugar viéndolo alejarse, sacudido por los sentimientos más contradictorios, rabia, melancolía, amor, desprecio; todo batallaba dentro de mí sin permitir un respiro de racionalidad a mi pecho agitado. Lo vi alejarse y la noche se abalanzó con todo el peso de su negrura sobre mi cabeza y sobre mi vida. La ciudad se estremeció de piedad y se replegó sobre sí misma en la sórdida prisión donde estaba condenada, enmudeciendo aún más junto a las calles tristes que me acompañaron con su alma grisácea en mi camino de retorno.

Nunca volvimos a hablar de ese episodio, aunque lo sentía gravitar en mi propia mirada cada vez que charlábamos o sencillamente caminábamos por los barrios viejos, porque Julián solía apuntarme sus pupilas de almendra y esbozaba una mueca irónica cuando me veía ensimismado en mis propias cavilaciones. Tal vez todo eso haya sido mi imaginación, mi incapacidad de ver más allá o de escudriñar verdaderamente en su ánimo y en un mundo que me resultaba demasiado complejo e indescifrable. Era el mundo de Julián; pero era el mío. Era el mundo gracias al cual yo podía escapar, dejar de mirar el techo de cemento de mi celda, soportar en silencio la tortura de cada día.

Pero no siempre estábamos en silencio o discurriendo sobre lo trascendental. En algunos momentos mi amigo podía tener un humor verdaderamente devastador, y me hacía reir a carcajadas cuando empezaba a comparar a cuanta criatura humana viésemos en la calle con un correspondiente animal, estableciendo una infinitud de similitudes que yo, maravillado por su capacidad de metamorfosear la realidad, empezaba a descubrir inmediatamente. No había mujer gorda, por ejemplo, que no pasara a formar parte inmediatamente del reino de las focas y las morsas, con sus rollos de grasa y sus bigotes movibles; algunos viejos se transformaban ante mis ojos, y por la magia de las palabras de Julián, en desgarbadas aves de rapiña, jotes y gallinazos asentados en las ramas más bajas de los árboles de la ciudad en espera de la aparición de alguna carroña para devorar.

Los niños no le gustaban a Julián, decía que eran lo más falso que podía producir la sociedad. Se irritaba si llegaba a escuchar que algún adulto le hablase a su pequeño en esa suerte de lenguaje de idiotas en que suelen transformar los padres la media lengua infantil.

—Mira cómo ese niño repite todas las muecas y sonidos de la madre – me dijo una vez en que nuestra errática caminata nos había llevado muy cerca del centro de la ciudad.

—Es absolutamente falso –agregó. –No siente lo que está diciendo y lo hace para complacer a su madre, porque ha visto en ella esos mismos gestos, o porque quiere lograr que le compren algo. Los niños se imitan a sí mismos para conseguir lo que quieren, es la edad más falsa del hombre, y no tienen en absoluto ninguna inocencia.

–No todos serán así –le contesté, un poco sorprendido.

–¿Podrías dejar de lado tu enseñanza occidental y cristiana y tu discernimiento corrompido por el consumismo para ver la realidad? –me contestó de manera seca pero no exenta de ironía, una ironía en el fondo amistosa.

–Los niños han sido las primeras víctimas de este sistema, no tienen una pizca de bondad, son crueles e interesados, y todo lo que quieren lo consiguen con falsedad y caprichos. Yo lo sé muy bien, también fui uno de ellos –agregó sin mirarme.

–Eres la única persona que habla así de los niños –respondí un poco por defenderme, aunque no sabía muy bien cómo hacerlo, y en el fondo tampoco me interesaba demasiado defender a los niños.

–Es mejor ser una persona como yo en este mundo –dijo, y agregó: –Lo único verdadero que tienen los niños es que dependen totalmente de los adultos para sobrevivir, tal vez por eso son tan hipócritas.

–Mira esa nena –y apuntó los ojos almendrados hacia una pequeña que pasaba tomada de la mano de su madre. –Mira cómo camina, apenas le llega a las rodillas y ya hace los mohines de una hembra adulta en busca de su macho. Seguramente cuando la visten elige ella misma su ropa, se mira al espejo y hace berrinches si un color o un vestido no le gustan. Es la humanidad del futuro, ¿no es maravilloso? Ya están llorando por eso….

No había manera de contradecir a Julián cuando se empecinaba en discusiones como ésta, su nivel de ironía se agudizaba y era capaz de llegar al cinismo. Yo intentaba cambiar de tema sutilmente, tratando de que no adivinara mi estrategia, para que el filo tajante de su observación no apuntara hacia mí, y para que hablara de otros argumentos que me parecían mucho menos nocivos que la demolición del mito infantil, por ejemplo.

–De todos modos, estamos destinados a la extinción – agregó en un tono que quería ser resignado, y era más irónico aún. –Todos nosotros.

Y prosiguió con la misma convicción: –Esa teoría de la evolución de las especies, por ejemplo, es absolutamente falsa. No son los mejores los que sobreviven y evolucionan, son los más brutos, las especies capaces de desarrollar más violencia, las que se imponen sobre los más sensibles. ¿Crees que eres como tu o como yo, que seríamos capaces de sobrevivir en cualquier mundo? Nosotros vamos a ser borrados de la faz de la tierra, como seríamos borrados de la faz de cualquier planeta donde reinaran otros seres semejantes genéticamente, pero más fuertes que nosotros. ¿Acaso tu serías capaz de matar para sobrevivir? Mira a tu alrededor, la mayor parte de las personas que vemos, de todos éstos que nos pasan por delante, serían capaces de pisotearnos la cabeza si con eso se aseguraran la propia supervivencia.

Hizo una pausa y se miraba los pies. –No –prosiguió– no somos nosotros los más fuertes, somos los más débiles. Por eso no somos mayoría, ni lo seremos. Mayoría van a ser siempre ellos, los otros, los que gritan y pegan, los que empujan, humillan, matan. Si la teoría evolucionista fuera cierta, nuestro desarrollo mental y nuestra capacidad cultural nos habrían asegurado la supervivencia y por lo tanto la supremacía como los mejores, y no es así. Los mejores individuos son los que están destinados a perecer, y los mediocres los que sobreviven y pueblan el mundo.

–No creo que una persona inculta tenga más probabilidades que alguien que es superior intelectualmente –rebatí.

–Tal vez no de manera individual, pero esas personas siempre se mueven en masa, y nada puede la cultura contra la masa –me respondió, y agregó: – El instinto gregario es para ellos, es la fuerza que los convierte en una máquina demoledora. Nosotros estamos condenados al aislamiento, y en el aislamiento vamos a perecer, si no nos matan antes.

Sus mismas palabras lo sumieron en un silencio obstinado, y caminamos varias cuadras de regreso al seguro norte antes de que Julián volviera a hablar.

–Niños, mujeres –dijo inesperadamente. –Toda hipocresía, como los no videntes, los hipoacúsicos, etc. Qué suerte tenemos de vivir en un mundo donde una persona que tiene un retraso mental grave ahora ha descubierto que en realidad lo que tiene es una capacidad especial. Este sistema llegará a devorarse la cola ante de producir algún cambio verdadero. Es como decir que se hace la guerra para conseguir la paz. O que los derechos humanos son solamente para algunos humanos. Tal parece que en el Tibet no son humanos, o en Birmania tampoco. Vivimos en un mundo tan hipócrita que dentro de poco en lugar de decir la escalera vamos a tener que decir *la barrera arquitectónica*.

–Me parece que estás exagerando. Esos términos no tienen nada que ver con lo que tu quieres decir.

–¿Qué quiero decir? ¿Qué los rengos tienen capacidades diferentes? –no digas estupideces o vas a terminar pensando igual que ellos.

–¿Que ellos quiénes? –pregunté un poco irritado por el tono de superioridad irrebatible con que Julián se dirigía a mí.

–De los que organizan esta payasada. Este circo en el que debemos pagar entrada y actuar a la vez. ¿No te das cuenta de que todo esto es una cortina de humo? Una cortina para tapar la iniquidad, la explotación, la miseria moral, humana, material y espiritual en que vivimos? Aquí no hay nada de verdadero, abrí los ojos. La niñita que llora por un juguete es tan falsa como su madre que se siente superior por el hecho de estar casada y haber parido, o del hombre que piensa que trabajando para acrecentar los intereses ni siquiera sabe de quién, es honrado y merece respeto. Que esa niñita que vimos camine de ese modo y que la madre le compre vestidos de prostituta hollywoodiana es muestra suficiente de todo lo que estoy diciendo. Y lo peor de todo,

¿sabes qué es? Que esta mierda te la venden como si fuera amor, buenos sentimientos, buenas intenciones, caridad, progreso. Por favor, vamos a terminar creyéndonos todos buenas personas.

Julián se había trasmutado en un rabioso dragón que amenazaba con incinerar al mundo con su aliento de fuego. Lo miraba caminar a mi lado y podía ver que su rostro blanco irradiaba tanta cólera que los ojos, oscurecidos y brillantes, parecían capaces de perforar a quien se interpusiera en su camino.

Yo no acababa de comprender el porqué de tanto enojo. Después de todo, ambos sabíamos muy bien cuáles eran nuestras opiniones y en qué lugar del mundo estábamos. Yo en especial, yo sabía muy bien adónde me encontraba, porque era un lugar del cual nunca podría salir, al menos con los ojos abiertos.

Seguimos caminando de regreso al penumbroso mundo conocido que se hallaba rumbo al norte, y Julián se mantenía encerrado en un duro silencio. Pensé entonces que detrás de toda su furia contra los niños o contra el sistema mismo debía esconderse otra cosa, algo mucho más oscuro que yo no lograba vislumbrar y que sin embargo había movido esa discusión estéril y agotadora. Sabía solamente que éramos dos exiliados, exiliados en nuestro propio suelo. Porque nuestro exilio tal vez no era de este mundo, era la certidumbre de no pertenecer a ningún lugar, de ser polizones en el gran barco de la vida que para el resto de la humanidad pareciera haber sido construido. Un mundo sin luz, donde hombres como nosotros sobrevivían invisibles, sin voz, agazapados entre los libros prohibidos y la oscuridad de los rincones menos frecuentados, adorando la belleza eterna como los últimos seguidores de un culto barrido por una nueva civilización, una civilización bastarda y potente, impiadosa, material, brutal y brillante.

Pasaron varios días desde esta conversación, y una noche, cuando llegué a casa de Julián, sentía en mí la opresión que me provocaba la angostura a que había quedado reducido el mundo apretado entre el asfalto mal iluminado de las viejas calles y el asfalto del cielo, liso e incólume, sin una pizca de vida. La vida de una celda de cemento.

Me abrió la puerta e inmediatamente comprendí que había algo diferente en él, parecía estar conteniendo una excitación sobrenatural y en el esfuerzo porque ésta no lo atomizara, se veía aún más reflexivo y lento, hendiendo el aire perezoso de esa casa oscura con gestos densos y cargados de contenida furia. Entramos en su habitación después de pasar por la habitual cocina y saludar al vaso vacío de Julia sobre la mesa, esta vez solo, sin la compañía colorida de las acuarelas. Julián se tiró sobre la cama y noté que el desorden de la habitación, que tantas veces me había parecido fascinante y sugestivo, esta vez se mostraba como el síntoma angustioso de secretos mal guardados.

–Volvió Laura, dijo Julián como si dejara caer el peso de todo ese desorden sobre mis espaldas, pero no para que yo me hiciese cargo, sino para revelarme el porqué de una hecatombe que había sido capaz de arrancar de raíz los grandes árboles que sostenían el mundo con sus poderosas raíces de acero.

No supe qué contestar, y estaba consciente de que cualquier cosa que dijera iba a ser tan inútil como tratar de volver a su lugar alguno de los numerosos objetos que reptaban por ese cuarto.

–No está en casa, de todas maneras. Está en un hotel. Ha venido con su nuevo amante y no quiere exponerlo al aire viciado de esta familia modelo, con su mamá alcohólica, su abuela loca, su padre sodomita y su hermano incestuoso y degenerado –dijo en tono de desafío, y atrapé su cinismo como quien atrapa una navaja en el aire, sabiendo que se cortará la mano, pero impidiendo así que llegue a la cara.

–¿No estás exagerando un poco? –respondí, tratando yo también de darle a mi acento una ironía que me defendiese de la suya y a la vez la contrarrestara.

Se incorporó sobre un codo, me miró furibundo –¿Te parece? Hace un siglo que la espero, y en lugar de correr a mis brazos se presenta con un modelito de revista. Los asesinaría a los dos.

–Julián, termínala, no será para tanto –dije y miraba el suelo, como siempre en los casos en que me sentía a merced de la ira desatada de mi amigo, de su irracionalidad. Yo que había comprobado, o eso creía, que esas historias podían ser tan falsas como mi propia historia. Esperaba que se le pasase el enojo y que empezara a pensar, para que el puño de hierro de su agresividad no buscase mi pecho donde estrellarse.

–Está bien –dijo y se volvió a recostar de espaldas, se quedó mirando el techo y yo esperé que lo perforase con su mirada, que debía parecerse mucho a aquélla lanzada por Zeus antes de arrojar sus rayos demoledores sobre las cabezas de los ínfimos humanos.

–¿Vamos a caminar? –pregunté después de un rato, cuando consideré que podía haber pasado el primer momento de ebullición de su mal humor, y pensando que, tal vez, salir de esa casa podría hacerle bien, como también a mí me hacía bien caminar por las calles de mi cárcel, la cárcel que había transformado en esa ciudad sin voz que se deslizaba en la noche hasta perderse en la nada, pasando por mil casas, ahogándose en mil acequias y recortándose en los canales que la desangraban como a un cuerpo exánime al que se pretende curar sacándole el fluído vital. Mi cárcel en la que la voz de Julián era la única ventana, la voz que creaba la ciudad de allá afuera, la voz que podía atravesar el cemento y sin embargo no lograba recrear las estrellas. Una voz nocturna, mi salvavidas.

Julián me lanzó una mirada indescifrable, en la que tanto podía encerrarse el más profundo desprecio o la más ingenua incomprensión. Claramente esas miradas no significaban paz, ni para él ni para nadie que le estuviera cerca. Sostuvo mis ojos unos segundos, y antes de pulverizarlos con su mal humor, en un gesto de increíble velocidad, dijo:

–Vamos –y se levantó de un salto, y al pasar por el ingreso tomó su Montgomery azul del perchero de madera estilo provenzal. La casa estaba sumida en un inhabitado silencio, como si se hubieran dormido también las paredes en las que colgaban algunas de las acuarelas borrachas de Julia.

La calle, en cambio, esa noche parecía crepitar bajo las hojas que se arremolinaban por doquier, formando médanos de bronce y polvo en las esquinas y acumulándose en las acequias. Tampoco esta vez parecía que fuéramos a traspasar los límites de los barrios viejos, pero mi amigo prosiguió su marcha rumbo al norte, y cuando creí que estábamos por abandonar completamente nuestra habitual zona de exploración, desembocamos en la vieja avenida, mucho más allá de donde se encontraba la maderera de la familia Pasco, y algunas cuadras más adelante aún llegamos al viejo bar del ex boxeador.

Era éste el único lugar público que solíamos frecuentar con Julián, aunque muy raramente. Se trataba de una esquina desvencijada, cerrada con puertas viejas a modo de paredes, con sus cristales encuadrados y sucios que daban sobre la vereda misma, junto a la cual corría el tajamar, un canal mediano de los muchos que atravesaban la ciudad. Habían colocado tarimas de madera sobre este cauce, y allí se acumulaban mesitas de fórmica carcomida y sillas de la más variada índole. Dentro, el bar parecía un refugio para las últimas cosas del mundo, con su parrilla donde a toda hora se cocinaba carne, y su mostrador que más asemejaba al altar de un templo abandonado dedicado a las botellas, a los vasos y a quién sabe cuántos objetos más que transitaban por su superficie de sospechosísima higiene. Había también un enorme cuadro que representaba probablemente a un ángel con dos alas gigantes, rígidas, todo en azul, o al menos en ese color debía haber sido realizado originariamente, antes de que el humo constante de la parrilla lo volviese casi tridimensional, como si se lo viera a través de las membranas quietas y desmesuradas de muchos miles de moscas.

Nos sentamos afuera, a pesar del frío ya cortante de la noche, y pedimos una cerveza.

Julián no tardó en comenzar su observación de la fauna circundante, y me señaló con un gesto de los ojos a un hombre sentado a una mesita cercana. Se trataba de un hombre joven, de cabello claro y ojos redondos y muy grandes y una boca que se delineaba con un cierto descaro. Era blanco, o más que blanco, rosáceo como una muñeca de porcelana, y por el modo en que miraba a través de la botella de cerveza negra que bebía solo, parecía muy corto de vista.

–Le dicen el Perro Verde –me susurró Julián. –Vende droga al por menor –agregó y sonreía por su ocurrencia, como si se tratara de una broma que le habían contado en ese momento.

Mientras bebíamos también nosotros, y yo sentía el frío de la noche a través de mi campera, un hombre alto y desgarbado se acercó al joven blanco y miope que estaba en la mesita cercana, y se sentó en una silla frente a él. Tenía el pelo largo y bastante grasiento, una nariz aguileña que debería haber conferido carácter a su rostro, si no la desmintieran dos ojos perrunos que parecían estar lamiendo la pata de su amo.

Julián y yo permanecimos en silencio observando la rapidez con que el vendedor cerraba el trato con el cliente de nariz aguileña, que incluso le pagaba las cervezas –al parecer el Perro Verde había consumido varias– y se levantaban juntos, se marchaban sin palabras, el alto del pelo unto con un paso liviano y desarmado, el más bajo de ojos redondos y cara redonda con andar aterciopelado y sereno.

–¿Los conoces? –pregunté a Julián cuando se hubieron alejado.

–Me basta observar. Los seres humanos son espantosamente previsibles, y se puede deducir con toda sencillez a qué se dedican, cómo lo hacen, el gesto que realizarán o la palabra que van a pronunciar. –Hizo una breve pausa y bebió un trago largo antes de proseguir con un brillo de malignidad en los ojos de almendras amargas:

–Creo que dios es dios no porque sepa todo gracias a su condición divina, sino porque sabe observar y prever lo que va a hacer el hombre.

–¿En eso consiste lo divino entonces? –pregunté, profundamente feliz de que hubiera dejado de lado la historia de Laura y con ella su pésimo humor.

–Tal vez. La observación nos lleva a un aprendizaje que nos puede poner por encima de la mayoría de las personas comunes. Los antiguos alquimistas dedicaban su vida al estudio del proceso que creaba la piedra filosofal. Pero no se trataba solamente de una observación superficial, únicamente física, era un trabajo espiritual, un estado de la mente que la colocaba fuera de la materia que conocemos. La piedra, que es en realidad un polvillo, transmutaba la materia, en un cierto sentido desmaterializándola.

–Yo creía que servía para transformar las cosas en oro –precisé, para exponer algo de lo que sabía acerca de la piedra filosofal.

Julián me miró con unos ojos que yo conocía muy bien, y me dijo: –¿Y te parece que un verdadero sabio iba a encerrarse de por vida para destilar una esencia cuya única función fuera fabricar oro? El oro se encuentra también afuera de los laboratorios, si es tan importante. Se puede robar –agregó.

–La piedra filosofal tiene significado en cuanto al proceso que provoca en el alquimista. La verdadera piedra es la que cuaja en el espíritu de esta persona. ¿O qué sentido tendría dedicar toda una vida al estudio, la contemplación, la meditación? Fabricar oro es tarea de necios, el materialismo es lo primero que abandonaban los alquimistas. Y en cuanto a la vida eterna, también ésa es un resultado de la piedra, es cierto, pero no se refiere a la vida eterna como la entendemos convencionalmente. Un espíritu evolucionado vive eternamente, ¿me entiendes? —decía esto y se acercaba a mí, traspasándome con sus ojos almendrados tras de los cuales seguía obsesionado con su propia historia, casi lo podía leer entre los velos transparentes que atravesaban sus pupilas cuando me miraba de ese modo. Pero seguía hablando de la alquimia, y me engañaba y se engañaba, tal vez, o tal vez no.

—La piedra filosofal —prosiguió volviendo a apoyar la espalda en la silla de hierro— es uno de los caminos hacia la iluminación. No es necesario ser alquimista, se puede ser yogui, o santo, no sé. Los misterios antiguos son muy similares unos a otros, porque todos dicen lo mismo: conócete a ti mismo para comprender. Y la comprensión es aceptación. Estamos sometidos a leyes universales, y sin embargo esas leyes no son tan estrechas y rígidas como imaginamos. Hay resquicios, confines que las transforman y revierten, espacios nuevos donde la muerte no es un fin absoluto, y el tiempo no es lineal. La cuestión es alcanzar esa frontera, acercarse a ella y asomarse, y en el mejor de los casos, atravesarla. Creo que eso es lo que hicieron algunos sabios, los iluminados. A través de la búsqueda de la piedra filosofal, de la santidad, de la meditación, de la extrema virtud o el extremo vicio, no lo sé. Sé que existe ese confín, y que más allá no existe la muerte.

Julián calló y un silencio humano descendió sobre nosotros, sobre el bar, sobre la vieja avenida y sobre toda la ciudad y el mundo. Calló y sus palabras que habían pasado de su boca a mi alma quedaron dichas para siempre en esa noche quieta. Lo miraba y comprendía que una parte de él se había marchado, y que quizás no eran Laura y su frialdad el motivo, sino otra cosa que me costaba comprender, otra búsqueda que tenía más que ver con esa frontera, ese límite que él estaba por atravesar y yo no sabía.

Fue la última vez que lo vi.

A la noche siguiente no lo encontré en su casa, y otra vez fui invitado a la modesta cocina abrillantada por los reflejos de rubí del vaso de Julia y entibiada por la amabilidad de la abuela de cuento infantil. Como la vez anterior, la anciana me preparó un café en la tacita de loza con dibujos rojos y negros, y desenroscó la tapa ya oxidada de la lata de bizcochos Canale.

–¿Julián fue a ver a Laura? –pregunté sin reflexionar, incendiado por la necesidad de saber. Genoveva y Julia se quedaron un instante mirándome. Julia inmediatamente volvió sus ojos tristes a la acuarela que estaba pintando, y Genoveva se sentó a la cabecera de la vieja mesa de madera, juntó las manos manchadas y me respondió con otra pregunta.

–¿Qué Laura?

Sentí que había dado un paso demasiado veloz hacia un precipicio y que ahora me tambaleaba ante el vacío, horrorizado por el peligro, tratando de contrarrestar el impulso de mi propio paso y sin la posibilidad de volver atrás. Sin embargo, las nieblas frente a mí empezaron a abrirse inesperadamente, y no tuve rabia ni rencor, porque empecé a comprender.

–Creí que había vuelto la hermana de Julián –tenté con voz cautelosa esta vez. Noté el rapidísimo intercambio de miradas entre Julia y Genoveva.

–Julián es hijo único –dijo entonces inesperadamente Julia, sin levantar la vista de la acuarela.

–Ah, entendí mal entonces. Debe ser una amiga –agregué más para justificarlo a él frente a su familia que para remendar mi conocimiento de Julián, que sólo entonces empezaba a aclararse y a brillar con una nueva y serena luz.

–Julián es un poco fantasioso –dijo la abuela con una sonrisa. Se ha criado muy solito, siempre fue un chico especial, muy sensible y muy bueno, eso sí. Habrán sido todos esos libros que lee. Además, desde que se tuvo que ir su padre... Usted sabe, mi hijo hacía política y ya lo habían amenazado. A usted se lo puedo decir, está escondido en –hizo una pausa– en otro país, esperando que cambien las cosas... Dios dirá. Juliancito era muy apegado a su padre, porque, no es porque sea mi hijo, pero Leopoldo siempre fue muy buen padre, muy cariñoso. Será que él había tenido que crecer casi sin padre, porque mi marido murió muy joven, le dio esa enfermedad que lo acabó en dos o tres años.

–Disculpe que le pregunte estas cosas, Genoveva –me atreví a decirle, dirigiéndome solamente a ella, porque Julia parecía sumergida en otro mundo, un mundo al que nadie, ni siquiera el mismo Julián, estoy seguro, tendría acceso.

–Disculpe –dije– ¿Cómo se llamaban sus padres? Los que vinieron del País Vasco. Me interesan mucho las historias de las familias –agregué como para justificar mi curiosidad, que a este punto no era la enfebrecida ansia de saber que me había consumido debido a la ambigüedad de Julián, sino un intento de recomponer las partes concretas del inmenso escenario en el que mi amigo había montado su propio, solitario espectáculo.

–Mis padres llegaron del País Vasco a principios del siglo. Mi padre se llamaba Aimar Pasco, y mi mamá Maddalen Villon. Mi padre empezó la maderera y fue muy buen empresario. En esos tiempos la Argentina era un país prometedor, parecía que aquí todo iba a andar bien... y en un cierto sentido anduvo muy bien mucho tiempo. Yo nací en el 19, aquí en la Argentina. Me casé muy jovencita, imagínese que tenía nada más que 16 años. Mi marido fue un hombre muy bueno, creo que ya se lo he dicho, pero no tenía la habilidad de mi padre para manejar empleados. Vinieron las crisis, los golpes, y cuando se enfermó tuvimos que vender todo.

–Disculpe de nuevo, le voy a hacer una pregunta rara, a lo mejor... ¿Cómo murió su padre?

Genoveva sonrió melancólicamente y miró la mesa –Mi padre ya estaba muy mayor. Le dio un infarto. Yo creo que no aguantó mucho la soledad. Después de que murió mi mamá le vino una depresión muy grande y no duró ni un año. Pero estaban muy mayores los dos.

Allí sentado en esa cocina sórdida me parecía ser el objeto de una broma catastrófica. Una broma urdida quizás ni siquiera por el mismo Julián, cuya humanidad se me antojaba demasiado grande para esa realidad tan pequeña, para esa casa oscura y gastada, para esa familia tan espantosamente normal, para esa historia tan cotidiana. Una broma urdida no sé por quién, por alguna divinidad cínica, tal vez, una divinidad escondida que tendiese hilos de invisible baba celeste sobre los seres humanos, para vengarse del olvido, de la derrota, del tiempo. Era como si no sólo yo, sino también esa abuelita dulce, esa mujer triste que era Julia, esa casa escondida en un pasillo, hasta el mismo Julián en toda la grandeza que yo le atribuía, todos nosotros y nuestro mundo, fuéramos dados, cubitos de materia lanzados sobre un tapete intangible en el que apostaban quién sabe qué fuerzas superiores, manos que dirigían nuestros destinos jugándolos en un azar sin leyes, y sin embargo finito, concéntrico, limitado. En algún momento, en algún sitio de ese tapete debía encontrarse el límite, la frontera espacio temporal donde todo, hasta nuestras vidas mismas, iba a acabar.

Me fui a caminar solo por las calles viejas, ya lavadas por la lluvia y en espera de la tormenta que anunciaban truenos cinematográficos respondiendo con su grito resquebrajado a las iluminaciones fantasmagóricas de un cielo bajo, amenazante, húmedo y enemigo.

La lluvia empezó a caer con desprecio, azotando el pavimento y fatigando con sus esputos las viejas fachadas, llevándose las hojas rezagadas que aún se empecinaban en aferrarse a las ramas y llenando rápidamente los cauces de las acequias, atiborradas de hojas rotas, mientras las calles se disponían a convertirse en improvisados riachuelos. La lluvia caía sin piedad. Yo caminaba por las calles donde nadie se atrevía a asomarse, empapado como si todo mi cuerpo llorase, porque había algo que me movía y era más fuerte que la misma tormenta. Yo caminaba por las calles solo, sin siquiera un monólogo interior que me acompañase y repitiese conmigo palabras que siempre, aunque sean duras, son un consuelo. Caminaba y me dejaba llevar por las ráfagas cada vez más fuertes de viento y lluvia, y el rumor del agua en las acequias, en los techos y en los desagües se parecía cada vez más al gemido de un gigante moribundo. No sabía que en esos momentos Julián estaba muriendo, que una mano inconsciente lo empujaba al torrente del canal donde sus propios pies lo habían conducido, prisionero de su delirio, amante al que roban hasta el recuerdo de su extraviada pasión.

Julián estaba muriendo y yo no lo sabía. Tal vez fue un crimen, tal vez un suicidio. Creo que a él no le importaría demasiado, porque morir en definitiva era su meta, lo había comprendido, yo su amigo que pretendí entrar en su vida y que me consideré importante para él. La muerte lo hallaría de todas maneras, esa noche, porque él la buscaba desde hacía años. Demasiado había tardado en llevárselo, a él un hombre hecho no para este mundo, como para este mundo hechos no estamos muchos hombres, que seguimos caminando penosamente como yo caminaba esa noche contra la tempestad, latigado por la furia de los elementos, insultado por el cielo y por la tierra. Sólo que yo debía esperar, como muchos esperamos, para ser testimonio quizás, o para contar esta historia.

Julián estaba muriendo y yo no lo sabía. Pero sentía que esa noche sin palabras era una despedida. Algo lo anunciaba en el aire, en su ausencia, en el silencio que me martilleaba en la cabeza, en la ciudad inundada y en el quejido doliente del agua que corría desde todas partes, arrasando las penas que tatuaban ese mundo sin estrellas que había sido de Julián y mío.

Lo encontraron fuera de la ciudad, donde el canal vuelve a ser la hendidura terrosa que fue. Su cuerpo y las ramas que lo abrazaban junto a las hojas y la basura que lo abrigaron al término de su viaje.

No volví a la casa del pasillo y desde aquella noche mi existencia se transformó en un recalcar mis propias huellas por la laboriosa red de calles que habíamos recorrido tantas veces con Julián, como si ese retorno sobre los lugares y las horas pudiera agotar su presencia en mí, que seguía siendo tan intensa e incógnita como desde el primer momento en que hablamos.

Por las noches consumía el pavimento taraceado de penumbra bajo las heladas que afilaban mis pasos y adensaban mi sombra junto a las otras sombras habitantes de la calle, siempre bajo un cielo implacable, mudo y liso. Yo tenía la obligación de proseguir aún. Y sin Julián, Julián debía seguir siendo el motivo de mi historia, porque sin esa historia yo era hombre muerto.

Tomé la costumbre de culminar mis caminatas solitarias en el bar del boxeador, y me sentaba a una mesita descascarada sobre las improbables tarimas que cubrían el tajamar, a pesar del aire lleno de estalactitas, y allí bebía hasta que se me pasaba el frío, hasta que la vetusta avenida se transformaba en una ondulante corriente submarina. Pero no era un mar claro y poblado de corales y peces multiformes, sino el fondo de un riachuelo terroso y contaminado, donde peces acerados y duros escarbaban los fondales en busca de carroña, y guirnaldas de algas oscuras se mecían desapaciblemente entre los agujeros de escoria y las piedras negras. Muchas veces la mesera, harta de verme, yo, único cliente del frío que no cesaba de beber aun cuando ya no quedaba nadie en el interior del bar, pasaba un trapito sudoroso por la fórmica consumida y me decía con una voz sin apelación: *estamos cerrando*. Entonces me levantaba y emprendía la caminata de regreso, que otra cosa no era que el desdibujo del mismo laberinto que había trazado para llegar allí. Sentía un ligero placer al volver a mirar las fachadas y los árboles, ahora a través del lente engañoso del alcohol, escudriñando como el geólogo que estudia las paredes de una antigua caverna, en busca de una huella inadvertida, de alguna señal que me marcara un camino, un camino cualquiera, algo que me condujese, ¿dónde? A la explicación de mi peregrinaje.

Otras noches me detenía frente a alguna casa abandonada, en alguna esquina en la cual nos hubimos detenido con Julián, y me quedaba allí esperando. Tenía la absurda sensación de que algo, un signo, me daría la clave para proseguir, y después de mucho tiempo de inútil vigilancia proseguía mi camino hasta otra de esas reliquias de mi propio pasado, mi pasado reciente que por momentos se me antojaba el remoto e irrecuperable pasado de toda la humanidad.

Muchas veces volví al lugar donde había visto a Julián con el tipo del jardinero anaranjado, como si el holograma de aquella escena hubiera podido perdurar junto a la baranda oxidada del gran canal, el mismo donde mi amigo había terminado su vida. También llegué a reconstruir igual que un maniaco el probable trayecto de Julián desde su calle hasta ese canal, hasta el puente desde donde decían que se había arrojado, o por donde lo habían empujado. Probaba todas las combinaciones posibles y regresaba al punto de partida para recomenzar otra vez, sabiendo perfectamente que era un trabajo estéril, un preámbulo ritual que justificase para mí mismo una nueva visita al bar y a la bebida.

Fue una de esas noches en que me encontraba sentado a una de las mesitas del bar del tajamar, ya bastante obnubilado por el alcohol, mirando hipnotizado la evolución de grandes cetáceos metálicos por la acuática avenida, cuando se acercó a mi mesa una vieja. Vestía una amplia falda coya de muchas enaguas, y un pulóver de colores que parecía haber atravesado todo el imperio inca en plena conquista española antes de llegar junto a mí. Cruzado sobre el pecho llevaba el nudo de una manta que sostenía un bulto sobre la espalda cargada, bajo la trenza larga y lustrosa, como ungidaqueños ojos renegridos, sostenidos por telarañas de gruesas arrugas.

–Usted aquí corre peligro. Pero peligro a veces buenito es para el que sabe entender –dijo de manera jeroglífica, con la voz broncínea de los habitantes de la Puna.

La miré a través de las mareas de mi borrachera, como si mirara un faro improvisamente surgido en las profundidades abismales donde ningún mapa indicaba presencia humana.

La mujer siguió mirándome impasible, sin expresión su rostro de mapa andino ni sus ojos negrísimos y brillantes:

–Señorcito busca busca y no halla. Para hallar debe aceptar lo que viene. No todo lo malo malito es. Malito parece y buenito resulta. El tiempo se conoce a sí mismo –pronunció con tal firmeza que sentí anclar en mí su voz como una nave que ha encontrado finalmente un puerto después de años de travesía.

Después de que la vi marcharse y miraba desde atrás su falda múltiple, pesada y compuesta, y el atado sobre su espalda, me vino un nombre a la cabeza: Toribia Galarza. ¿No era ésta acaso la mujer que me había hablado esa noche en la guardia del hospital? Fulminado por lo que empezaba a asumir como una revelación, fui sacado de mi trance por una mano brutal que me tomó el brazo y me arrancó de mi silla, mientras una voz no menos furiosa me decía: *documentos*.

En ese momento noté, además de la cara cuadrada de mi agresor y su uniforme de soldado, un camión del ejército que estaba a pocos centímetros de mi mesa, al borde de la calle, y antes de que pudiese sacar mis documentos del bolsillo interno de mi campera, con un empellón que estuvo a punto de arrojarme al suelo entre las mesas, el soldado me condujo hacia la parte trasera del camión. Empecé a pronunciar las palabras que hubieran debido ahorrarme el arresto, para explicar que yo sí poseía los documentos, pero otro empellón me dirigió directamente a subir al camión, donde ya varias personas se encontraban sentadas en banquillos de madera, tan alucinados y mudos como yo. Otros clientes del bar sufrieron mi misma suerte, y poco después el vehículo partió con un bufido de bestia acorralada. Sentí frío, me subí el cuello de la campera y me dispuse a enfrentar lo peor.

Tardé bastante en darme cuenta de que todos los viajeros del camión militar éramos hombres, como fueron hombres los nuevos pasajeros que subieron a la fuerza en otra parada. No podía ver hacia afuera, estábamos cubiertos por una lona, y ya tan apretujados que a duras penas cabíamos. Nadie hablaba, todos inmersos en el pensamiento de que nos podía suceder cualquier cosa, de que no regresaríamos más a la vida, o de que nos podían torturar hasta matarnos. Las posibilidades eran contadas, pero una era más tremenda que la otra. Yo quizás revivía mi historia, o la reescribía para darle otro rumbo.

Al cabo de un rato en el cual dimos numerosas vueltas, traducidas en ese ámbito penumbroso y recargado sólo por las forzadas inclinaciones a que nos sometía la inercia de la marcha, el camión se detuvo con un bufido y poco después un soldado abrió la lona de la parte trasera donde nos hallábamos todos los nuevos *prisioneros*.

Inmediatamente reconocí la explanada del Palacio Policial, que de palacio sólo tenía el nombre, ya que debería haberse llamado la mansión de los horrores ese edificio de cemento como una colmena cuadrada en cuyos alvéolos se alojaban quién sabe qué monstruosidades dispuestas a saltar en cualquier instante sobre la ciudad y sus habitantes.

Nos formaron en fila sobre el suelo de cemento, bajo el cielo incólume de la noche, y nos fueron eligiendo como si fuéramos ganado para el matadero. A mí me tocó en un grupo que fue conducido cabeza gacha y manos atrás a un sótano, y el grupo restante habrá tenido otro destino que nunca sabré. Eran personas que jamás había visto, y lo más probable es que nunca las volviese a encontrar. Los elegidos para penetrar en las oscuras cavidades bajo el palacio caminamos en silencio, en fila, como condenados a muerte; y en esos momentos no sabíamos si verdaderamente lo éramos.

Nos hicieron entrar en una celda tan oscura que al principio no pude notar que ya había una gran cantidad de hombres adentro. Sólo una resaca de sombras meciéndose en la undosa oscuridad, cabezas como boyas flotantes en un mar de los sargasos silencioso y respirante. Era un espacio de dimensiones medianas, de cemento sin sillas ni lugar alguno donde sentarse, con solamente la puerta por la que habíamos ingresado y una minúscula ventanita que daba sobre los escalones que bajaban a los demás subsuelos, una suerte de círculos de infierno de los que pronto empezaron a ascender gemidos y gritos escalofriantes.

Estábamos todos de pie y se escuchaban algunos comentarios entre dientes que pretendían ser graciosos y que sin embargo temblaban en la oscuridad como perros a los que el amo amenaza con un palo. Tras minutos u horas de pie en la silente marea humana atrapada entre esas rocas artificiales de cemento, la sombra de un cuerpo se sentó fuera de la ventanita y tapó la mezquina vista de los escalones, por los que sentimos rodar un cuerpo empujado a puntapiés escaleras abajo. Una voz protegida por el anonimato repitió uno de los slogans de la dictadura *la libertad da derechos y crea obligaciones*. Algunos se rieron tímida, nerviosamente.

No sé cuánto tiempo pasó. Permanecíamos así, parados y ciegos, como varillas acumuladas en un galpón para ir alimentando el fuego perverso en el altar de algún dios sanguinario. Entonces un rumor de roces se me acercó a la altura de la cintura y subió extrañamente procaz por mi espalda. Poco después sentí una suerte de caricia áspera en mis piernas, y se me metía entre los muslos buscando el resquicio para abrirme los pantalones. Bajé inmediatamente una mano de hierro y aferré por el pelo una cabeza pequeña a la que no podía ver, y la llevé a la altura de la mía, obligando a su dueño a ponerse de pie.

–Bueno man, ¿qué te pasa? No te pongas así, yo quiero una moneda nada más– dijo la cabeza invisible en cuanto le solté el pelo híspido y largo, y al escucharla reconocí como en una revelación su voz sin inflexiones.

–¿Cómo te llamas? –le pregunté, sintiendo la necesidad urgente de atrapar esa posibilidad que inexplicablemente me habían dado las sombras y esa prisión. Sabía que tenía que saber antes de que la conjunción de circunstancias que me había llevado a ese instante pasara, como pasa un eclipse dejando sólo un ardor en los ojos y la insatisfecha sensación de haber entrevisto un milagro cósmico sin haberlo comprendido.

–Soy Riqui. ¿Tienes algo para darme?

Busqué en el bolsillo de mi campera y sentí su cara apuntada hacia mi gesto, invisible su mirada que yo había visto una vez, invisible mi mano dentro de la oscuridad del bolsillo. Saqué un billete arrugado y con la mano izquierda le tomé el brazo, bajé con mi mano derecha hacia una de sus manos y empujé el dinero dentro de la palma dura del hombre que tenía casi pegado a mi nariz, y le tuve la muñeca apretada en mi puño. Apreté aún más mientras hablaba.

–Quiero que me des una información.

Podía sentir el fulgor de su mirada animalesca quemándose a centímetros de mis ojos a través de la noche de la celda. Parecía que la multitud a nuestro alrededor había desaparecido, o se había petrificado como si estuviera ante un rito sagrado de consecuencias catastróficas. Sólo nos circundaba la presencia de los numerosos cuerpos apretujados, todos de pie, respirando el mismo aire viciado, estremecidos por el miedo o por los gritos desgarradores que subían las escaleras de cemento desde el averno, esos sótanos invisibles debajo de nosotros, y nuestros pies pisando salas donde picanas eléctricas ejercerían su punzante tarea convincente sobre cuerpos mojados.

—Lo que quieras, man —fue la escueta y satisfactoria respuesta de la sombra a la que le yo le asía la muñeca con fuerza brutal.

—Quiero saber algo de Julián —En realidad no sabía lo que quería saber. Pero sabía que quería saber. Lo que fuera, nombres, direcciones, un hecho, una situación, una palabra que Julián le hubiera dicho y que rasgara al menos un fragmento de la tiniebla en que seguía sumergido mi amigo, mi amigo muerto cuya muerte había instalado la inquietud en mi alma.

Riqui era el hombre de los pantalones anaranjados. Lo había olido, lo había visto a través de la oscuridad con ojos que no eran los ojos de todos los días, eran tal vez los ojos de mi obsesión, que traspasaban la oscuridad de lo imposible.

En ese momento la puerta de hierro se abrió y la silueta de un soldado se dibujó en el vano recortada en la luz amarillenta del pasillo. Antes de que empezáramos a salir de la celda en fila india, ajusté mi tenaza sobre la muñeca de Riqui y le dije:

—Mañana a la noche en el mismo lugar, en la costanera. ¿Te acuerdas? Te llevo dinero.

—Me acuerdo. Nos vemos mañana —alcanzó a responder el hombre del jardinero anaranjado antes de ser arrastrado por la oleada de cuerpos que pugnaban por salir de ese encierro, hacia afuera, aunque aún no sabíamos si ese afuera era la calle, la ciudad, o era el ingreso a otra celda, quizás a las celdas de abajo, allá donde habitaban los gritos y los cuerpos mojados.

No volví a ver a Riqui en el extraño reordenamiento que hicieron de nosotros al salir de la celda. Nos dividieron, y sólo podía esperar que no lo hubieran destinado a la tortura o a la muerte, no porque me interesara en especial su vida, sino porque si lo apresaban, si perdía la vida y yo en cambio quedaba vivo, no podría asistir a nuestra cita y yo habría perdido para siempre ese inesperado cabo que el azar o el destino habían puesto en la palma de mi mano.

Quedé dentro de un grupo que fue formado en una sala central del edificio, donde el techo era altísimo, gris, de cemento, igual que las paredes y todo a mi alrededor, como si el arquitecto que lo diseñó hubiera querido reproducir algo que absolutamente asemejara al interior de un dado; un dado con el cual echar a suertes la vida de las personas. Nos hacían pasar de a uno a una oficina y no veíamos salir a los que entraban antes que nosotros. Pero una cierta seguridad me decía que esa vez no iba a desaparecer, que esta ulterior vejación era uno más de los trámites absurdos con que esa dictadura aseguraba su mandato de mantener el terror.

Cuando me llegó el turno y entré en la oficina me hicieron sentar ante un escritorio de metal plateado en donde un ser anodino que podría muy bien haber sido un maniquí usado en una película sobre el nazismo, tomaba declaraciones con innumerables planillas de papel con carbónico metidas dentro de una máquina de escribir. Después del interrogatorio, otro de los maniquíes –en la habitación había al menos cuatro, como si un ciudadano desarmado pudiera protagonizar una matanza o una rebelión en ese centro de torturas encubierto– me tomó de un brazo y me hizo poner contra una pared, donde me enceguecío el flash de una fotografía, y después me empujó hacia una mesita de madera donde había moldes con tinta, me pasó los dedos por cada uno de esos moldes acanalados, y me los apretó contra varias hojas de papel, como si tuviera temor de que se me fueran a escapar las yemas de los dedos quién sabe dónde, para esconderle las huellas dactilares. Después me hicieron salir por otra puerta, y atravesé varios pasillos con mi celosa guardia personal, antes de llegar a la calle.

Me alejé caminando rápidamente no por temor sino con el apuro de quien quiere quemar el tiempo para que llegue el instante de un encuentro amoroso, de una cita que está seguro, esta vez está seguro, determinará su pasaporte hacia la felicidad.

El episodio del interrogatorio, la foto y las huellas digitales no me preocupaba en lo más mínimo, había pasado ya por esas puestas en escena realizadas cotidianamente para alimentar la atmósfera de miedo y delación que respirábamos en esa ciudad de sombras en que se había convertido el país.

Devoré el tiempo hasta el momento de volver a encontrarme con el hombre del jardinero anaranjado.

Mis pasos por el barrio viejo cobraron sentido y dirección por primera vez después de los borrachos peregrinajes que me habían aturdido desde la muerte de Julián, y llegué a la costanera, al punto donde una noche había visto a mi amigo con este hombre que ahora sabía que se llamaba Riqui. Hundí mis puños en los bolsillos de mi campera. No contemplaba siquiera la posibilidad de que no acudiera a la cita. No lo sabía, pero tal vez alguna fuerza sobrenatural me empujaba hacia ese momento, me había llevado a calcar esas huellas de un destino que quería considerar tal y no el mero azar de encuentros y desencuentros de que simula estar tejida la trama de toda común vida humana.

Esperé y miraba el canal en donde había muerto Julián. Llevaba mucha menos agua y en algunos puntos se veía incluso el fondo de cemento carcomido, que dejaba pulidas piedras expuestas al roce de las aguas marrones y neuróticas, apuradas por salir de allí aunque con ellas se llevaran todo lo que encontraban a su paso.

Esperaba y no sabía, pero sí sabía. Sabía que aquella noche a la salida del cine arte había escrito todo esto, que ese primer diálogo había echado las bases de lo que me estaba sucediendo, y no sabía por qué. No sabía por qué pero agradecía a la existencia por esta posibilidad de estar vivo aún, de escapar de alguna manera de la grisura y de la opresión, aunque el escape fuera tan doloroso que estaba dejando mi alma en él. Más valía tener un alma que sacrificar que existir simplemente en la espera de que un día el cielo se abriera sobre vivos y muertos, tal vez más sobre muertos que sobre vivos. En mi celda, escribir esta historia era seguir vivo.

Vi venir al hombre del pantalón anaranjado con un paso irreal y desconfiado. Era extremadamente flaco y muy joven. No era bello pero tenía aún cierta frescura juvenil, aunque macilenta y agotada por el alcohol y la droga, por la falta de cultura, por todo lo que yo aborrecía y que sin embargo ejercía sobre mí la atracción de los grandes desastres, ésos que nos hacen asomarnos donde la suerte humana ha masacrado a su víctima designada, y contemplamos los despojos con morbosa piedad, inclinados vertiginosamente sobre aquello que no nos ha sucedido a nosotros pero que un día podría sucedernos. Se acercó y se detuvo frente a mí con su figura casi clownesca.

–¿Qué más man? –dijo como si pronunciara palabras fundamentales.

–Quiero saber algo de Julián, el tipo que estaba aquí contigo una noche. El que te daba dinero. Tú lo besaste.

Riqui no parpadeó. Siguió mirándome con sus ojos verde vaso, sin expresar ningún sentimiento en su cara larga y afilada, como si quisiera escrutar mis verdaderas intenciones y no llegara a comprender mi interés en alguien que, para él, debía formar parte de las legiones de alguienes que se cruzaban por su camino y que, de alguna u otra manera, le proporcionaban lo necesario para sobrevivir. En un cierto sentido, también este Riqui sobrevivía, a su modo, con lo que tenía. Era más sincero al menos que la mayoría de sombras que en la sombra de esa ciudad muda se movían, autómatas y sometidas, sin esperar nada más que seguir esperando.

–Hace mucho que no lo veo a ese vago. Ni sé por dónde andará –dijo sin cambiar de tono, ni de actitud, ni de expresión ni de textura.

–Ni lo vas a ver porque está muerto. Pero quiero saber lo que sabes de él –le dije tratando también yo de permanecer incólume ante la magnitud de lo que estaba diciendo.

Esta vez parpadeó, creo, e incluso pasó el peso de su cuerpo longilíneo de un pie a otro, apoyado en sus zapatillas que parecían haber sobrevivido al éxodo del pueblo judío y a su travesía por el Mar Rojo, porque algo de rojo tenían.

–Ni sabía. Yo no sé mucho de él, pero conozco otro man que lo conoce –dijo al cabo, inconsciente de que sus pobres palabras podían significar para mí otro tramo del camino que me conducía hacia la vida.

–Vamos a verlo –le dije o lo dijo algo dentro de mí que no necesitaba pensar ni reflexionar ni mucho menos esperar.

Caminamos uno junto al otro por las calles despojadas, pero sin estar juntos, cada uno sumergido en una esfera totalmente ajena a la otra, que no se intersectaban, ni siquiera se rozaban. Riqui no hablaba conmigo. Iba canturreando con la boca casi cerrada o repitiendo frases y versos, la mayor parte de los cuales no se traducían a mis oídos, que alcanzaban a percibir un murmullo entrecortado, astillas de palabras, y de vez en cuando algo cuyo contenido sin contexto naufragaba durante un rato en el aire oscuro de la noche, para caer definitivamente, privado de cualquier significado, junto al cordón de la vereda. Su paso era maquinoso y algo saltarín, como si su cuerpo extremadamente flaco tuviese algunos resortes que empleaba para caminar, pero se tratase de resortes demasiado potentes para esa liviana estructura ósea, y al dispararse provocaran una desarmonía de excesiva energía y poco resultado. Pensé que las veces que lo había visto, Riqui siempre vestía los mismos pantalones jardineros de color naranja, que tal vez a causa de la excesiva usura se había vuelto impermeable al frío cada vez más cortante del invierno. Igualmente su cabello no daba para nada la sensación de recién lavado, si bien no se podría decir que estaba sucio, pero como el resto de su persona, parecía usado indiscriminadamente sin solución de continuidad, y por lo tanto se movía a desgano, sin soltura ni brillo, absorbiendo a tragos dolorosos la negrura de la noche entre sus mechones de rubio verdoso.

Llegamos al paseo de la alameda, diseñado en el siglo XIX y que hasta la intervención de los arquitectos de la dictadura había conservado su elegancia vetusta y señorial, y que en esos últimos tiempos había sido rediseñado y reconstruido de manera tan absurda y extemporánea, que hasta resultaba difícil caminar en línea recta, tantos eran los bloques de cemento y los banales desvíos que lo habían convertido en una suerte de muestrario de la mentalidad retorcida e inútil que nos gobernaba.

Desandamos todo el largo paseo en dirección al sur, hacia el centro de la ciudad, ritmado nuestro andar por los murmullos inconexos y el resorte del paso de Riqui, y al aproximarnos a la terminación de la alameda vi una serie de carpas blancas levantadas entre los ridículos bloques de cemento.

Nos acercamos y entramos por lo que parecía ser el ingreso principal de esa suerte de gusano de lona, dentro del cual se sucedían puestos de artesanías y de los objetos más disímiles nunca vistos, que si bien difícilmente podían entrar en la categoría de artísticos, al menos tenían asegurado un sitial indiscutible entre la colección de cosas obsoletas y cursis que asfixian al planeta Tierra. Riqui saludó a varios de estos artistas de lo vacuo a medida que pasaba delante de las mesas en que exponían sus productos, hasta que llegamos hasta el lugar de un hombre que hacía retratos y caricaturas. Estaba sentado de espaldas y caricaturizaba a un niño, usando con destreza un lápiz sujeto en su mano de dedos largos y espatulados. El niño no se quedaba quieto, en especial porque sus padres, o quienes tal vez eran sus padres, le hacían bromas y comentarios estúpidos mientras el artista captaba con increíble certeza el espíritu grotesco del niño y su situación.

A su alrededor, en las paredes blancas de lona que cerraban y delimitaban ese puesto, estaban abrochadas muchas caricaturas, algunas en blanco y negro y otras en colores. La mayor parte de ellas reproducía a artistas famosos del mundo del cine, o a cantantes de rock. El caricaturista tenía talento, ya que cada rostro desfigurado por la representación de su mismo carácter magnificado, parecía devorar el aire con la boca desmesurada o los ojos enormes y penetrantes. Cabellos, orejas, cuellos, frentes resbalosas y narices parlantes se distinguían con vida propia y pugnaban por llamar la atención y escapar del papel para lanzarse al mundo sinsentido en que vivíamos.

Cuando terminó su caricatura, el artista pasó una goma o un trozo de caucho por alrededor de la imagen a lápiz, y colocó debajo una breve firma que desde mi atalaya de observación no alcanzaba a leer. Se puso de pie y contemporáneamente se acercó la que debía ser la madre del niño. Era ésta una mujer alta, enfundada en unos jeans que marcaban la ridícula delgadez de sus piernas, y a su vez se escapaban de la cintura porque cintura parecía no existir. De la cabeza le salían mechas de pelo largo, rizado, teñido de un amarillo violáceo cuyos contrastes daban a su figura y a toda la escena un toque de surrealismo. El artista, en cambio, no era muy alto, y al darse la vuelta comprobé que era extremadamente joven. Su cara bruna estaba enmarcada por el cabello castaño cortado casi al ras en las sienes y erguido como una matita de junco sobre la frente, mientras que debajo del mentón se afilaba una barba bastante rala que pugnaba por madurar en la piel tersa y bajo la custodia de los ojos sonrientes y oscuros. Vestía un pantalón arrugadísimo que se plegaba sobre las zapatillas color ala de mosca, como dos orugas mansas dispuestas a seguir a su dueño adonde fuere. Observé, mientras la mujer del pelo violáceo y piernas de fideos rebuscaba en su billetera el cambio para pagarle, que sus manos eran grandes, más bien de dedos muy largos pero no delgados y suaves, sino un poco anchos, terminados en yemas generosas, y las uñas estaban manchadas de carbonilla.

Finalmente la mujer se dio vuelta y comprendí que una panza de al menos ocho meses era la causa de que los pantalones no pudieran cumplir su función ajustadora en la zona de su cuerpo donde debió haber albergado la cintura antes del embarazo. Se alejó con el niño saltándole alrededor y el hombre que debía ser el autor del embarazo y probablemente también el coautor de ese pequeño, que en la caricatura se veía tan vivaz y agudo y en la realidad parecía sencillamente feo y tonto.

Inmediatamente el artista nos miró a Riqui y a mí, y sonrió con una sonrisa ingenua, juvenil, que le dio vida a la barbita puntiaguda y derramó a través de los ojos marrones un brillo de sinceridad. Se acercó con un solo paso desgarbado a nosotros y saludando casi sin mirar a Riqui me tendió la mano derecha, mientras con la izquierda abría su expresión con intención de abrazarme. Me quedé casi quieto en donde estaba parado, aunque su gesto de inusitada franqueza me indujo a responder como si yo también lo conociese y me alegrara tanto de haberlo reencontrado.

—Al fin llegaste —me dijo con un beso en la mejilla, como si un viaje del que yo permanecía ignorante hubiese hallado culminación en esa carpa tras un largo periplo por el mundo exterior.

—Ahora charlamos —agregó, y se alejó otro paso para responder al gesto de un posible cliente que había aparecido desde detrás de nosotros.

Miré a Riqui con un poco de sorpresa, tal vez con la absurda pretensión de que me explicara la escena que acababa de protagonizar. Pero el magro jardinero anaranjado me miraba con sus ojos verdes y helados de los que no surgía vida sino algo que si bien no podría denominarse muerte, estaba muy cerca de ella; era la quietud de lo inamovible, de lo que la razón y el sentimiento no pueden penetrar y que respira en una densidad casi infrahumana.

—No podemos vivir eternamente rodeados de muertos y de muerte, me tengo que ir. Me voy– pronunció casi entre dientes y seguía mirándome con sus ojos felinos, primitivos, llenos de alcohol, donde la bajeza se anidaba entre las pulsiones más esenciales del hombre, inconsciente él de su propio instinto, libre el instinto en él prostituido por el dinero y acabado por la droga y las borracheras. Me miraba con sus ojos verdes y fríos, de lascivia animal si los animales lascivia tienen; de algo más puro y tremendo que el deseo humano, de marginación tal vez, marginación y vida quemada sin salida sin esperanza. Adónde había quedado su humanidad, si la hubo en su carne escasa, nerviosa, longilínea, como la de un ave o un insecto tensado en la rama que está a punto de quebrarse.

—*Y si todavía quedan prejuicios hay que destruirlos. El deber del poeta no es ir a encerrarse cobardemente en un texto, un libro, una revista de los que ya nunca más saldrá, sino al contrario salir afuera, para sacudir, para atacar a la conciencia pública, si no, ¿para qué sirve? ¿para qué nació?*, recitó de memoria, sin inflexiones, como si estuviera vomitando una comida que jamás había digerido ni podría asimilar en su organismo de resorte. Me voy –repitió, y no se iba.

Busqué en el bolsillo y saqué dos billetes. Los apuntó inmediatamente con los ojos verdes de vidrio de botella. Tomó con velocidad de roedor los billetes, se los guardó en el bolsillo de su jardinero anaranjado, y miró aún otra vez mi cara, mi expresión, quizás para comprobar que yo no pretendía otra cosa por ese dinero.

—Me voy –dijo otra vez, y miró hacia los costados y hacia atrás para cerciorarse de que no lo espiaba nadie, nadie más que su delirio. *Vendrá la muerte y tendrá tus ojos*, recitó mirándome muy fijamente, para mí quizás pero más para él mismo, para el mundo de su perdición; allí donde la poesía pudiera ser la excusa para la caída. Y se marchó con paso rápido, irregular, sin contenido, sorteando los puestos de los artesanos y esta vez sin detenerse a saludar ni mirar a ninguno.

Salió a la noche sin estrellas y desapareció en la línea augusta de la alameda, con su paso un poco de resorte, de resorte infeliz, creí en esos momentos, de infeliz tal vez, pero tal vez, después de todo, con la suerte de la inconsciencia. Pensé entonces que sí, que vendría la muerte, y tendría mis ojos.

Volví la cabeza hacia el puesto del caricaturista y éste me estaba mirando y sonriendo con la boca y con los ojos. Noté que también tenía un intento de bigote, tan escaso como la barba, y que hacía parecer a su boca aún más joven.

–Ahora nos vamos, me dijo con la misma expresión alegre, y se puso a ordenar sus lápices y sus papeles, y a desabrochar las caricaturas colgadas en las paredes de lona de su puesto. Noté que no siempre sonreía, y que cuando no lo hacía su rostro asumía una expresión de gravedad inusual para la poca edad que debía tener, y que le daba la apariencia de un hombre maduro, desdiciendo la frescura de toda su persona.

Me quedé de pie mirándolo, menos sorprendido que fascinado por su fuerte personalidad y por las emanaciones que procedían de su figura menuda. Cuando hubo reunido todos sus elementos, plegado los banquillos y el atril y acomodado cada cosa en un lugar preciso, saludó a la joven del puesto aledaño, que exhibía una suerte de trenzados de macramé hechos de hilo sisal, de función tan misteriosa cuanto de dudoso gusto, y me invitó a que saliéramos juntos. Llevaba consigo un maletín de cedro y un bolsito negro en bandolera. Afuera la noche brillaba en su desnudez, lisa como el pecho de un niño y tan desmesurada.

Cuando estábamos saliendo y comenzábamos a caminar por la alameda de regreso a los barrios viejos, me miró y sonrió al decirme:

–Me llamo Juan José– Y al ver que yo no contestaba,

cambió la expresión en su cara por aquélla otra que yo acababa de conocer, la seria, que le daba un aire reflexivo y grave.

—No soy demasiado joven, no pienses eso. La edad cronológica no siempre coincide con otras edades —agregó mirando el suelo que íbamos pisando, sin cambiar de expresión.

—Yo era amigo de Julián, y no importaba la edad, dijo después de una pausa de varios pasos. Me sentí en culpa por haberlo incomodado, y aún trataba de comprender cómo había hecho Juan José para adivinar lo que yo estaba pensando acerca de él, cuando agregó:

—Tal vez sea mejor que nos veamos más adelante. Es demasiado para una sola vez. Te espero en mi estudio, bueno, en mi casa, que es lo mismo —y sonrió de nuevo con su sonrisa iluminada, que inmediatamente alivió el pesar que me había producido oír mencionar a Julián como lo oiría desde entonces y siempre: como alguien que ya no estaba, un muerto, un fantasma, un recuerdo. Me dio la dirección de su casa, y comprobé que se encontraba en los límites sur del barrio viejo. Le aseguré que iría, y me alejé lo más rápidamente posible.

Tenía razón, era demasiado para una sola vez. Julián regresaba con toda la fuerza de lo inevitable, como había entrado en mi vida, como volvía a entrar, forzando todas las barreras, rompiendo todos los prejuicios, imperante, vital, y sin embargo, ambiguo y misterioso.

Me di vuelta varias veces para contemplar al pintor que se alejaba por el paseo, sorteando los canteros y los bloques de cemento que daban a su marcha el aspecto de una secuencia de cuadros cubistas. Vi que era menudo y gentil, que caminaba de manera bastante desgarbada y no exenta de la gracia inevitable de la juventud, aunque en el caso de Juan José había que agregarle el aliento no de este mundo que le confería su arte, como si una mano invisible y poderosa lo llevase en la palma, nuevo dios demasiado frágil para las calles de cemento.

Regresé a mi casa como un peregrino que alcanza agonizante las puertas del santuario en el momento en que las cierran, y queda con su mano vanamente tendida hacia la luz del interior, la luz sagrada que iba a curar sus llagas. Durante algunos instantes maldije la demasiada parsimonia de Juan José, que había postergado así, inopinadamente, la conversación que para mí habría debido ser algo muy parecido a una revelación. Pero enseguida una fatiga descomunal ocupó mi cuerpo y fue descendiendo de mi cabeza hacia mis brazos y mis piernas, y comprendí que no hubiera podido enfrentar nada más esa noche, esa noche sin estrellas como todas las noches de esa ciudad, de ese país dominado por la sombra.

La casa de Juan José se hallaba en un extremo del mapa de mis recorridos, una punta de estrella en el confín sur de los barrios viejos, en dirección al anodino centro de la ciudad, aunque sin llegar a su contaminación de calles masificadas —una seguidilla de vidrieras tristes o pretenciosas donde los tradicionales almacenes habían sucumbido a impersonales negocios que anunciaban el avasallamiento definitivo de lo que en un futuro cercano llamarían globalización. Para mí se trataba de una suerte de finis terrae donde nada podía interesarme.

La calle de la dirección era la única que conservaba empedrado de adoquines, el empedrado que había ido desapareciendo del resto de la ciudad vieja, y del cual quedaba sólo ese tramo desgastado y majestuoso, resistiendo la injusticia de los nuevos tiempos con su caparazón abroquelada, como una antiquísima tortuga petrificada con la cabeza escondida.

Me detuve frente a una casa de verja de piedra trabajada y gruesas rejas negras. Tenía un minúsculo jardín con un cantero en el centro, y en la pared lateral derecha había un pequeño nicho en el cual brillaba un mosaico que representaba el busto de una Virgen vidriosa y morada con un improbable aire bizantino. Entré al jardín, toqué el timbre junto a la alta puerta labrada y contemplé el balcón sobre el garaje, el ventanal señorial y enorme con balaustrada de piedra. Todo estaba en silencio. Parecía que el silencio emanase de la casa misma, y que los rumores nocturnos de esa calle se perdieran en el minúsculo jardín encerrado entre las rejas de hierro y custodiado por la Virgen de mosaico. Esperé algunos minutos, o tal vez fueran instantes u horas, el tiempo esa noche me resultaba ajeno, una convención hecha para los demás, los habitantes de los adoquines, y yo flotaba en un no–tiempo que anunciaba el advenimiento de algún nuevo orden. Toqué de nuevo el timbre de bronce y miré fijamente la puerta. Pasos livianos se acercaron por detrás, y una hoja de madera se abrió para dar lugar a la sonrisa de Juan José.

Entramos en la oscuridad del zaguán, tapizado de mayólicas verdes y naranja, que formaban flores estilizadas en relieve, y llegaban a la altura de mi pecho. Desde el cielorraso colgaba de una cadena de bronce una tulipa de opalina blanca como una llamarada invertida. Me gustó esa llamarada, porque pensé en el Apocalipsis y en el fuego lloviendo desde el cielo en franco desafío a las leyes de la física, que de todos modos ya habrían sido derogadas por el mismo dios castigador.

Juan José no decía una palabra.

Al final del pasillo, la puerta cancel de cristales oscuros, ovalados, estaba cerrada. Juan José la abrió con un gesto nuevo, como si esa puerta hubiese aparecido allí en esa única ocasión, y entramos en una galería abierta sobre un estrecho patio. Casi la totalidad del suelo embaldosado estaba cubierta con macetas de todas las medidas. En cada una de ellas había cactus. En la parte cubierta había sillones de mimbre pintados de blanco. Me parecía estar transitando el ordenado espacio de una novela; con una punzante familiaridad miraba cada detalle de esa hermosa casa, pero no como si ya hubiera caminado por sus baldosas simétricas y lustradas, sino como si la hubiera leído, como si se hubiera incorporado a mis recuerdos a través de los renglones de una lectura hecha no sabía cuándo.

Pasamos a través de otra puerta cancel, esta vez de cristales biselados transparentes con motivos florales arenados, pasamos por una cocina impecable de azulejos verdes, por un dormitorio en total penumbra, y entramos en otra habitación, ésta iluminada, con dos grandes ventanas casi a ras del suelo. Había un atril, una mesa vasta llena de papeles, tubos de colores, tarritos, vasos con pinceles; había bastidores de lienzos, pero más que nada había cientos, miles de dibujos, retratos, esbozos, por todas partes, en las paredes, sobre la mesa, en el suelo.

–Bienvenido a mi estudio –dijo Juan José dando por terminado el recorrido y abriéndose nuevamente en una sonrisa franca.

–Me alegro de que estés aquí –agregó y se dirigía a un pequeño frigorífico que estaba en un rincón contra la alta pared encalada, y sacaba una botella de vino blanco. Buscó en un mueblecito bajo dos copas y las llenó. Me pasó una y me dijo: –¿Te molesta si mientras charlamos te hago un retrato? Vamos a empezar con carbonilla, –agregó como si ya hubiera recibido mi consentimiento a la pregunta que acababa de hacerme.

Me senté en una silla junto a la mesa y apoyé mi brazo derecho junto a la copa. El vino fresco me aterciopelaba la garganta y bajaba por mi pecho como un sedante suave, familiar. Era fuerte y agradable.

–Bueno, ¿me tengo que quedar muy quieto? –pregunté a mi vez, dando por descontado que todo iba a suceder, y que en esa charla ese tipo de preguntas no necesitaban respuesta, y estaban hechas para llenar el aire pintarrajeado de esa habitación.

–No demasiado; un poco. –Contestó. Y se puso manos a la obra sentado cerca de mí, ante un atril bajo que no había notado antes. ¿Sabes de qué árbol se hace la carbonilla? Del paraíso —dijo ya sin mirarme, o mejor dicho, mirándome con los ojos del artista, que ven las formas, los volúmenes, y a través de ellos el alma; pero son incapaces de ver lo inmediato, la persona cotidiana o su apariencia trabajada para ese diálogo que en el fondo no les interesa. —No, del sauce, se rectificó. Son palitos quemados. Yo los sé hacer.

Se produjo un silencio largo. A pesar de lo que había preguntado, permanecí inmóvil, posando, para que mi cuerpo no interfiriese en la evolución de mi pensamiento, que se deslizaba cautelosamente por los meandros de ese ambiente como un agua temerosa, llenándolo todo, poco a poco, escudriñando en cada rincón, detrás de casa cosa. Y contrariamente a lo que yo mismo hubiera creído, no acribillé a Juan José con preguntas, me quedé callado, con la tenue sensación de que si estaba allí, si había llegado a esa situación tan inesperada, algo que sin duda no podía denominarse con la palabra azar guiaba mis pasos. Y apresurarse hubiera sido tan inútil como irracional.

—Yo estudié en la universidad, en la Facultad de Artes, pero por supuesto me fui.

—¿Por supuesto?

—Sí —dijo levantando los ojos del dibujo que realizaba con vehemencia—. No podía estar entre gente que no me quería. Voy a estudiar otra cosa, a lo mejor profesorado de Matemática. Me gusta la Matemática.

—¿Profesorado de Matemática? ¿Qué tiene que ver con el arte? —objeté.

—Todo tiene que ver. Además no quiero pasarme la vida en puestos de feria haciendo caricaturas.

—Te la vas a pasar envejeciendo de una escuela a la otra, soportando adolescentes insufribles, directoras y regentes, y viviendo de un sueldo.

—Quiero vivir de un sueldo. ¿Qué tiene de malo? —sonrió sin mirarme—. Además, envejecer… Lo mismo envejecería en la carpa de una feria, aquí o en cualquier lugar. Con un título o sin nada.

—¿Puedo mirar?

—Todavía no.

—Pero tu tienes talento. Es decir, puedes hacer una carrera artística, qué sé yo, vender bien tus cuadros...

Sonrió de nuevo e inmediatamente cambió la expresión a una ironía que por joven parecía casi otra sonrisa, pero más adusta, más dura. —¿Vender mis cuadros es hacer arte? ¿Una carrera? ¿Es mejor que envejecer dando clases por un sueldo? El arte no corre, ni se vende.

—Quise decir que podrías vivir de tu arte, tu me entendiste.

—Tienes que tratar de decir siempre exactamente lo que piensas, sin dejar resquicio a otras interpretaciones. La palabra puede inducir a graves equívocos, y los equívocos pueden llevar a la guerra.

—Bueno, no creo que si tu vendes un cuadro se vaya a desatar una guerra, y mucho menos que abjures de tu arte —respondí un poco molesto, en un tono seco.

Me miró ahora con los ojos serios.

—Nunca se sabe. ¿Cómo medir las consecuencias de los propios actos? ¿No sería mejor tal vez limitarse a la idea estrictamente, sin dejar resquicio para que otro pueda tomarla y construir con sus márgenes de error una maquinaria de destrucción?

—Me parece que estás delirando. ¿Con palabras se pueden construir maquinarias de destrucción?

—Las máquinas de destrucción están hechas de palabras. Las palabras han convertido al hombre en el medallón al final del péndulo. En un extremo de su oscilación se encuentra el poder creador del arte y la filosofía, su posibilidad de trascendencia; y en el otro extremo están la destrucción, el caos. Tu sabes que en este país secuestran personas y las torturan. ¿Para qué las torturan? Para que digan palabras. Entonces no puedes pensar que las palabras no crean realidades, y a veces esas realidades son pesadillescas.

—De todos modos me parece una exageración —contesté

sin pensar en lo que contestaba, porque estaba peligrosamente al borde de la realidad, una realidad que no era únicamente mía pero que me acechaba detrás de mi imaginación. La celda de cemento, las torturas, las palabras no dichas.

Juan José me salvó al proseguir: –Imaginate un acusado que espera el veredicto. Puede ser condenado a la horca y morir de una manera horrible, o ser declarado inocente y recuperar su vida y su libertad. El veredicto es una palabra.

–Claro, pero en ese caso la palabra encierra un proceso, lo resume y lo explicita.

–¿Y cuándo no lo hace? ¿Tu qué quisiste decir con vender un cuadro? ¿Otra cosa diferente al resultado de un pensamiento complejo? ¿O hablas como un loro que no sabe lo que dice? Mira –y tomó el block en que me estaba dibujando y me lo mostró sin moverse de su asiento. Me incorporé y me acerqué, lo tomé en mis manos y lo observé con atención.

–¿Así me veo?

–Así te veo.

Mi cara estaba rodeada por una mancha negra, y surgía de la sombra como una sombra más, pero hecha de contrastes, con líneas que no hubieran podido calificarse como mensajeras de ninguna clase de dulzura, sino de preocupación o rigidez. Veía mis años uno a uno en ese rostro que se asomaba entre la oscuridad como a través del telón de una existencia impuesta pero única, como si finalmente pudiera acceder a algo, o como si fuera capaz de sobrellevar esa misma existencia por sí mismo, sin apoyo de nadie, tal vez sin palabras. Era un rostro maduro, silenciosísimo, que no parecía dispuesto a hablar ni a conceder nada, aunque se hubiera dicho solitario y no carente de una cierta humanidad, algo que no regalaba pero que poseía, que emanaba tenaz de su expresión excesivamente seria.

–No sé qué decir.

–No es necesario decir nada. O sí, puedes decir que es buenísimo el dibujo, que nadie había captado jamás tu personalidad de esta manera, en fin, un montón de cosas que no significan nada. El peligro de las palabras... –dijo con ironía y se levantó de su silla, se dirigió al pequeño frigorífico y se sirvió más vino. Como si se hubiera dado cuenta de que había incurrido en una descortesía, se apresuró a ir hasta mi copa, que había quedado apoyada en la mesa, y la llenó.

–Escuchemos algo de música –dijo como para sí mismo, y puso un disco en el aparato estéreo que había sobre el mueble bajo. Acto seguido se sentó sobre un colchón cubierto de mantas tejidas y almohadones que se encontraba contra una de las paredes. Empezaron a escucharse las notas de las variaciones Goldberg de Bach.

–Es la interpretación de Glenn Gould –dijo. –Si escuchas atentamente sientes su misma voz mientras toca el piano.

Me senté a su lado y nos quedamos escuchando la música. La noche pasaba a través de las dos grandes ventanas como un viajero que atraviesa el cielo en un tren muy lento, y alcanza a asomarse a las ventanillas de cada paisaje, y curiosea casi con desgano lo que hay más allá de su asiento y de su pequeño cubículo anónimo.

Me invadió una perezosa melancolía. Aunque no estaba triste, el recuerdo que me traía ese acto, escuchar música sentado simplemente en medio de la noche junto a una persona a la que conocía y que a la vez no conocía, me llevaba hasta la habitación de Julián y a las tantas veces que habíamos hecho lo mismo, silenciados por la misma música, comunicados por ella. Las notas parecían convertir el aire en un teclado casi tangible, ése era el poder de Bach, y se instalaban en la habitación rediseñando cada cosa, imponiendo su estructura perfecta a la imperfección del mundo, como si demostrasen que algo más grande que el algo cotidiano existía, y había sido generado por un hombre, un hombre fabricado de la misma materia que esos hombres que habían hecho del mundo ese ámbito hostil de noche perpetua. Bach navegaba por encima de los objetos y las personas, pero no lo hacía de manera indiferente o presuntuosa, sino reveladora, con la extasiante revelación de la belleza y la perfección, sin dar lugar a ninguna duda, verbo creador trasmutado en notas musicales que no pretenden desmentir la realidad, sino abrir sus puertas escondidas, las que llevan a otras dimensiones, y para atravesar las cuales es necesario ser un elegido. Escuchábamos la música y bebíamos así en este pequeño inconmensurable paraíso en que Bach convertía el estudio de Juan José, mientras fuera la noche controlaba la ciudad y el mundo.

Desde esa noche empecé a espaciar mi asiduidad al bar del boxeador, sobre el Tajamar, aunque a veces regresaba y me sentaba invariablemente a una de las mesitas que estaban afuera, sobre la tarima que escondía el canal, y bebía mientras observaba la flora y fauna de ese reducto de marginados, solitarios y poetas. Alguna vez incluso veía a aquel muchacho que Julián había llamado Perro Verde, con su cara redonda y muy blanca y sus ojos muy redondos y miopes. También él solía estar solo mucho rato, y también él solía beber desmesuradamente, creo que mucho más que yo, aunque inevitablemente llegaba alguien que se sentaba a su lado y con quien generalmente se marchaba poco después, no sin antes hacerle pagar la cuenta de las numerosas cervezas que había consumido en soledad.

Pero conmigo no sucedía así. Yo no tenía otra compañía que mis propios pensamientos, mi costumbre de soliloquios que se había vuelto casi un diálogo con el mundo, o mejor dicho con el único mundo con el que yo hablaba libremente, el mío propio.

Desde que empecé a visitar a Juan José ese soliloquio me pareció menos angustioso, como si ya supiera, mi mismo soliloquio, que en algún momento iba a poder ser compartido, o escuchado, o acallado por la presencia de otro ser humano real, de carne y hueso. Sin embargo pasó aún el tiempo antes de que Juan José y yo hablásemos específicamente de nuestro encuentro, de la manera en que nos habíamos conocido, y de Julián Esquer.

Una noche, en su estudio, Juan José quiso dibujar una de mis manos, y por lo tanto me sometí otra vez a la quietud, si bien podía mover la cabeza y sobre todo la otra mano, aquélla con la cual llevaba a mi boca la copa de vino.

–¿Hacía mucho que conocías a Riqui? Le pregunté a quemarropa.

–¿Riqui? No, no lo conozco para nada. Esas son cosas de Julián. A veces se relacionaba con cada uno. Más bien, no se relacionaba, los usaba tal vez, no sé, no tenían importancia de todos modos.

–¿No tenían importancia? Pero Riqui me llevó hasta el lugar donde te encontré. Además parecía que tu me hubieras estado esperando –objeté.

–Igual. Lo mismo él no tiene importancia, como otros. Riqui tenía que hacer eso, y ese hecho sí era importante–. Hizo una pausa y se concentró en su dibujo; alejaba un poco la cabeza y lo observaba como observa un pájaro a un insecto, con concentración y apetito, consciente de su superioridad pero también de su relación de dependencia. Ladeando la cabeza para permitir a cada ojo que capte la imagen necesaria que formará la totalidad del insecto en su mente.

–O sea, hay cosas que deben suceder. No sé cómo explicártelo– dijo poco después, prosiguiendo con su tarea. –Hay cosas que son más importantes que las personas.

–No sé si te entiendo muy bien. ¿Era más importante el hecho de que nosotros nos encontrásemos que la persona de Riqui?

Levantó la mirada de su dibujo un instante y me miró casi con sorpresa.

–Claramente. ¿O te importa Riqui?

–Naturalmente que no me importa Riqui, lo que me parece es que no puedes reducir una persona humana a un hecho; o sea, no puedes darle más importancia a un hecho que a un ser humano.

–¿Por qué no? Acabas de decirme que Riqui no te interesa en lo más mínimo. Por lo tanto deduzco que el hecho relacionado con Riqui, o sea que tu llegaras a mí, sí te importa. En conclusión, el hecho es más importante que la persona.

Me puse tenso, porque recordé la primera vez que había visto a Riqui, y tal vez mi nerviosismo se translució en mi voz cuando le respondí:

–Pero Riqui existe, y existía para Julián, a lo mejor eran amigos, no sé, o amantes, o qué sé yo.

–Vamos –respondió sonriendo sin apartar la mirada de su dibujo, que parecía ahora complacerlo mucho más, por lo que su sonrisa no tenía nada que ver con mi objeción, sino con su trabajo. –¿Lo ves a Julián amigo de Riqui? No confundas las cosas, sabes muy bien cómo era Julián.

–No. No lo sé, y creo que no lo voy a saber. O creí que lo sabía en un momento, pero cada vez me parece menos... No sé... –dije con voz que sin duda sonaba abatida.

–Sí, tienes razón. Era difícil con Julián. Pero era un hombre, como nosotros. No como Riqui, ¿entiendes? No creo que se pueda conocer tanto a una persona como quisiéramos, y mucho menos si la amamos, paradójicamente. Julián era un tipo hecho de fragmentos... como todos nosotros, por otra parte. Pero él era uno que te contaba todo a la mitad, o lo daba vuelta, y dejaba de contarte todo lo que para él no tenía importancia, o transformaba las cosas según su estado de ánimo. No creo que Riqui o los tipos como Riqui hayan sido su tema de conversación contigo, ¿no es cierto? Julián hubiese querido que nos conociéramos, tu y yo, seguramente antes o después nos hubiera presentado. Él amaba mucho a sus amigos, pero era muy celoso, y tardaba en tener la confianza suficiente como para enlazar los mundos. Después de que murió, Riqui fue el encargado de hacernos encontrar.

–¿El encargado? ¿Cómo puede haber sido el encargado?

–Es una manera de decir. No seas tan literal. El hecho era más importante que la persona. Puede parecer ilógico pero no lo es.

–Es inhumano –rebatí con un poco de desesperación.

–Es más humano de lo que te imaginas. Dime, si vas al médico, ¿qué te importa más, el alma del doctor o tu diagnóstico?

–¿Me quieres explicar cómo Riqui sabía que era el *encargado* de hacernos encontrar?

–No lo sabía, por supuesto. No creo que ese chico sepa nada más que algunos versos de memoria, y ni siquiera debe entender lo que ha memorizado. Hay momentos en que somos instrumentos, herramientas para que sucedan cosas que van más allá de nosotros mismos.

–Me gustaría creer en todo lo que dices.

–Créelo entonces, ¿cuál es el problema? –me respondió Juan José con una sonrisa joven otra vez.

Yo hubiera querido responder entonces que Julián estaba muerto, que yo ni siquiera sabía si se había suicidado o lo habían empujado al canal, que todo esto me angustiaba y que no podía sacarme de la cabeza la obsesión por saber, y que, sobre todo, cada paso que daba en dirección a Julián, a su recuerdo, a una explicación de su vida o de su muerte, parecía empantanarme aún más en un océano de ambigüedades incomprensibles. Juan José pareció percibir mi desazón y abandonó su dibujo –yo no me había dado cuenta, pero en mi monólogo interior había desarmado totalmente el modelo que él reproducía– y se levantó de detrás del atril, se me acercó, y me puso una mano en el hombro.

–Vamos a caminar un poco. Te hace falta tomar algo de aire, vas a ver que te vas a sentir mejor –me dijo de modo paternal, como si él fuera mucho mayor que yo, o me entendiera, algo a lo cual no estaba acostumbrado ni podía concebir en mi universo de soliloquios.

Salimos de su casa y caminamos por las calles oscurecidas. El invierno inminente arreciaba y hacía mucho frío. Hundí los puños en los bolsillos de mi campera y vi cómo Juan José fruncía con placer la expresión y entrecerraba los ojos marrones, de un marrón muy parecido al que había visto en algunas de sus composiciones hechas con pasteles y carbonilla, ante el golpe del aire que venía del Este con una invisible mano gélida. Caminamos hacia los barrios viejos, por las viejas calles y bajo los viejos árboles que arañaban el cielo tapizado de gris de aquella noche despoblada. Llegamos a la costanera y sentí un estremecimiento.

Había poco tráfico. Cruzamos la avenida y llegamos a la orilla del canal. Juan José caminaba con seguridad y yo me dejaba conducir como si fuera también una sombra, presintiendo el rumor pedregoso del torrente que se escurría bajo nuestros pies cuando nos detuvimos sobre uno de los puentes que atraviesan el canal.

–¿Sabes que los puentes son sagrados? –me dijo Juan José contemplando el curso del agua que venía desde el sur, tormentosa y amarronada.

–En la Antigüedad, cada vez que construían un puente, celebraban una ceremonia para evitar que ese acto, atravesar un curso de agua, atrajera la ira de las divinidades. El puente une, pero también separa –agregó sin dejar de mirar el agua y me miró a la cara. –Une las dos orillas, pero a la vez determina dos orillas, dos realidades, dos puntos que están separados y necesitan ese vínculo que confirma su diferencia. Atravesar un puente es pasar de una orilla a la otra, es cambiar de realidad, superar la frontera. Tenemos que estar preparados para hacerlo, porque la otra orilla puede ser muy diferente a la que estamos acostumbrados. Una tierra nueva, con nuevas leyes, con otra realidad. Y a veces los puentes duran poco, o se construyen sólo para dejarnos pasar, y después desaparecen. Si Julián terminó su vida sobre un puente quizás quiso decir que estaba en un límite, y que ninguna de las dos orillas era ya posible para él. No lo sé yo tampoco. En todo caso creo que todo lo que hacía Julián, incluso su muerte, tenía un significado.

Escuchaba a Juan José y me sentía enmudecido y angustiado. No había regresado a ese lugar desde la muerte de Julián, y una tenaza apretaba mi garganta. No podía decir nada; ni siquiera pensar. Era mi mente como el torbellino que se desataba bajo nuestros pies, una turbulencia informe y furibunda que se destroza a sí misma sin parar, tal vez sin sentir dolor, o tal vez sufriendo en esa potencia gemebunda de las aguas que las trenza y destrenza sin sentido. Mi mente era eso, o era el latido de mi corazón que la aturdía. Juan José me tomó del brazo y me acercó con ímpetu a la baranda. Noté que su mano era muy fuerte, y noté que yo me había mantenido lejos de la baranda hasta ese momento.

–Mira –me dijo. –Es agua. No es Julián. No es la muerte de Julián. Es un curso de agua. Es un canal. Es lo que quieras, pero no mató a Julián ni tampoco es capaz de devolverlo a la vida. Julián está muerto, y no está aquí.

–Pero no te das cuenta –me quejé con la voz acribillada por la fuerza de mis sentimientos, que en esos instantes se rompían dentro de mí como las olas del torrente allá abajo contra las paredes de cemento del canal. –Ni siquiera sé si Julián se suicidó, si alguien lo empujó, si se resbaló…

–Ninguna de esas cosas, o tal vez sí, alguna, o todas a la vez, una conjunción… El resultado es el mismo. Está muerto, y era algo que tal vez debía suceder y ni tu ni nadie lo podía impedir.

–¿Te parece? ¿Te parece que si yo hubiera estado con él esa noche no lo hubiera podido impedir? –pregunté con furia.

–Sin duda lo ibas a impedir esa noche. ¿Pero la siguiente, o la otra? Si Julián estaba buscando la muerte, la iba a encontrar, a pesar de ti. No te tortures más. Las cosas son así y solamente podemos vivir en consecuencia.

–No puedo resignarme a lo absurdo, no quiero. Julián podría estar vivo. ¿Por qué tenía que morir?

–No lo sabes ni lo sabe nadie. A lo mejor ni él mismo sabía por qué. Pero así fue. Así es y así será. Tal vez si siguiera vivo estaría muerto –dijo y volvió a mirar las aguas turbulentas.

–No entiendo –dije a mi vez, sin saber muy bien si lo que no entendía eran las palabras de Juan José o la muerte de Julián.

–No hace falta. No todo se puede entender con la lógica. O tal vez sí, pero no siempre somos capaces de hacerlo; a lo mejor porque la lógica que usamos es insuficiente.

Vamos –dijo y me volvió a tomar del brazo con sus manos duras de dedos espatulados, y emprendimos el regreso a su casa, y las calles se me hicieron surreales en esos pasos que por momentos sentía como pasos sobre aquellas aguas marrones, pasos que sin embargo no se hundían, no se hundían en el pavimento oscuro, pero se hundían en algún otro lugar, tal vez se hundían en la existencia, tal vez marcaban definitivamente mi caída inevitable en el torbellino de la vida, de la madurez, de la aceptación que debe marcar los límites que despiden definitivamente a la juventud y a sus preguntas necias, o no necias, ingenuas quizás. Caminaba y a mi lado caminaba Juan José con su paso desgarbado, liviano, joven sí, pero sapiente o feliz, no lo sé. Feliz como yo no era capaz de serlo, y como hubiera debido aprender a serlo ahora, o a partir de ahora ya que la primera mitad de mi vida se había ido con aquellas aguas marrones, y navegaba hacia mares inalcanzables desde los cuales no regresaría jamás, como no regresaría Julián ni su cuerpo blanco ni su ironía. Y yo caminaba junto al pintor que era muy joven y sentía que atravesaba una puerta que se cerraba a mis espaldas, y que a partir de esa noche era inútil mirar hacia atrás, pues el camino se borraba tras de mí y concluía un paisaje familiar en el cual, en un cierto modo, no había sabido vivir.

Las noches siguientes volví a caminar solo. Ya no trataba de reproducir los itinerarios trazados con Julián, sino que me dejaba llevar por el azar, si algo de azar había en mí o en todo lo que me sucedía, si mi existencia a partir de aquella noche en que había conocido a Julián Esquer podía llamarse casual o era un sucederse de capítulos de un delirio predeterminado, como si mi amigo me hubiese incluido en uno de sus relatos fantasiosos y se hubiese olvidado de cerrarlo, de concluirlo, y este relato siguiera transitando tiempo y espacio, confundiéndose con la realidad cotidiana y contaminándola, arrastrándome en su trama inventada, enrareciéndose cada vez más a medida que yo trataba de comprender.

Sin embargo, yo proseguía. Incapaz de detener el paso de mi propia historia, ni siquiera de asimilarla a la común historia de cualquier paso humano. Proseguía sin olvidar nada de lo que había vivido, y decidido a seguir viviendo hasta el fondo, porque algo debía haber, algún sentido debía existir allá abajo, o en cualquier lugar que la metáfora de *abajo* escondiese. Y la historia me prolongaba la vida.

Regresé a la casa de Juan José y volvimos a charlar, él a dibujar, a veces a mí mismo como modelo, otras veces retocaba dibujos ya hechos antes, o algunas composiciones de carbonilla entre los millones de rollos de papel que se apilaban por todos lados y que solía rescatar del olvido como si los hubiera estado buscando quién sabe cuánto tiempo y justamente esa noche los encontraba cuando ya desesperaba de hacerlo. Una vez me confesó que a menudo soñaba con sus propios cuadros, y gracias a esos sueños se daba cuenta de lo que les faltaba para ser terminados.

Una de esas noches, mientras Juan José retocaba un dibujo que había sacado de debajo de un montón de bastidores que descansaban contra uno de los costados del pequeño frigorífico, y mientras escuchábamos un disco de Kiri Tekanawa, me dijo:

—Una de estas noches vamos a ir a visitar a Laura.

—¿Laura? —pregunté como saliendo de un ensueño, como si yo hubiera sido una barca que bogaba serena en aguas mansas e inesperadamente hubieran soltado una poderosa ancla que me incrustaba brutalmente en un fondo rocoso.

—¿Qué Laura? —insistí.

–Una amiga muy querida. Ella también tiene ganas de conocerte –contestó Juan José con tal naturalidad que ni siquiera tuvo que desviar la mirada de su trabajo.

–Julián me había dicho que tenía una hermana que se llamaba Laura –empecé a argumentar, y sin poder detenerme, proseguí, cada vez más enfervorizado por lo que creía que era una suerte de broma irónica de Juan José, o de Julián, o quién sabe de qué complot contra mi credulidad. –Y también me dijo que Laura se había ido atrás del padre, a buscarlo o quién sabe qué, porque el padre a su vez se había marchado atrás de alguien que tal vez era un hombre, y que el mismo Julián estaba enamorado de su hermana, y que era una relación incestuosa y que ella había vuelto a la ciudad pero que estaba en un hotel porque tenía un amante…

–Bueno bueno, tranquilo –sonrió divertido Juan José, esta vez levantando la vista de su trabajo ante la tempestad de palabras que yo le lanzaba como si hubiera sido él el artífice de esa historia tan descabellada, o al menos fuera el culpable de que yo me la hubiera creído a pie juntillas.

–Laura no es la hermana de Julián –agregó, y volvía a dibujar, pero ahora alternaba su mirada entre el papel y mis ojos. –O más bien, en un cierto sentido sí, como si fuera una hermana…

–Basta de estas cosas, por favor. ¿Quién es Laura? ¿Por qué no me dijiste antes que existía?

–Porque no me preguntaste. Además estabas demasiado alterado como para conocerla, hubieras debido verte en el estado en que te hallabas la primera vez que nos encontramos.

Acepté la explicación como la única posible, y además sabía que si presionaba a Juan José sólo me iba a estrellar contra el muro impenetrable de su lógica personal.

–Está bien, acepto –dije. –¿Me quieres decir algo acerca de esa Laura y qué es de Julián?

–Qué era, porque Julián murió, no te olvides.

Me hubiera gustado saltarle al cuello y estrangularlo, pero sabía que ese tipo de respuesta estaba destinado a cortar las alas de un incipiente delirio y a llevar la conversación al terreno de lo posible, un camino seguro donde no resbalase mi ansiedad y arrastrase consigo a mi razón.

—Qué era Laura de Julián —rectifiqué.

—Sí, es cierto, a lo mejor Julián estaba un poco enamorado de Laura, quién sabe. Julián era así de apasionado —dijo sin mirarme, otra vez sonriendo, y no sé si había ironía en su voz o sus palabras estaban haciendo equilibrio sobre el filo de su propia reflexión. —En fin —prosiguió— Laura es una amiga queridísima, una consejera también. La verdad es que no sé cómo definirla. Vas a ver que te va a gustar, es una persona exquisita, y sabe mucho.

Esta definición sin definición me resultó tan inasible como toda la explicación anterior, pero mantuve firme la rienda de mi ansiedad y esperé, porque ya sabía que era el único modo de que Juan José llegara a una explicación más concreta.

—Me ha dicho que te lleve a su casa, le gustaría conocerte. Por supuesto yo le he contado de ti. Además ella amaba a Julián —dijo alejándose unos pasos de su dibujo para mirarlo con esa mirada de pájaro que requiere un ojo y después el otro, en un ladeo de la cabeza que le daba un aire un poco humorístico.

—¿Ella amaba a Julián o Julián la amaba a ella?

—Se amaban, sin duda. Yo también la amo, es una persona increíble.

—Parece que todos aman a Laura.

—Tu también la vas a amar.

—Pero Julián... —no sabía cómo preguntar porque no sabía qué preguntar, pero Juan José interceptó mi duda y dijo:

—Julián tenía una imaginación voladora, a lo mejor por ahí fantaseaba con que estaba enamorado de ella. Eso no quiere decir que no los uniera un profundo amor. Es otra cosa, tu lo sabes muy bien. Es natural que la considerara su hermana, yo también lo siento así; éramos una suerte de hermandad, en un cierto sentido. De allí a otro tipo de relación, no te sabría decir. En eso Julián era imprevisible, sabes cómo se apasionaba con las personas, pero no sé. No creo que haya trascendido su propia imaginación. De todas maneras, no tiene importancia, Laura está más allá de todo.

–Me alegra escucharlo –dije con cierta ironía, ya que me costaba entender el orden de las cosas según Juan José, que reacomodaba los fragmentos de los rompecabezas montados por Julián de manera tal que aparecían figuras totalmente diferentes a las que había trazado mi amigo.

–¿Cuándo vamos a verla? –pregunté.

–Cuando quieras, vive muy cerca –me respondió Juan José dejando el lápiz en la silla y limpiándose las manos con un trapo manchado de todos los colores del orbe. Habló con tal naturalidad que se hubiera dicho que conocer a Laura para mí podía ser algo tan simple como ir a dar uno de nuestros habituales paseos. Pero tuve que aceptar nuevamente esa actitud que quitaba de un manotazo casi pueril todo el dramatismo de mi carácter sombrío y apocalíptico.

Sin embargo, pasaron aún varias noches antes de que fuéramos a casa de Laura. Como si el ofrecimiento de Juan José hubiera dado respuesta a una pregunta larga e insistentemente formulada, desde que supe que Laura existía, que algo, un cabo, un asidero, permanecía fijo en la historia que Julián me había contado, mi alma se serenó extrañamente. Esperar me era ahora hasta agradable. La existencia de Laura, la posibilidad de conocerla, había echado nueva luz sobre mi intento de reconstruir los trozos en que se me presentaba la vida de Julián, y borraba las horribles sospechas de que mi amigo había sido un simple delirante, un mistificador sin otro objetivo que desordenar el mundo para transitar por él libre de toda atadura, sembrando ambigüedad y desconcierto a su paso, a su paso seguro, ligero y terriblemente trágico.

Quizás Laura era el último eslabón de la historia, y era el último eslabón de mi historia.

En una de las noches siguientes pregunté a Juan José acerca del padre de Julián, otra de las piezas del rompecabezas que tan bizarramente había compuesto mi amigo y que había quedado ahora sin lugar en este nuevo orden que yo intentaba reconstruir a partir de una lógica que, aún no lo comprendía, tal vez no era la clave justa para interpretar la historia de Julián.

—No lo sé muy bien —me contestó Juan José mientras bebía un poco apresuradamente, como siempre lo hacía, su vino blanco. Estábamos ambos recostados en el colchón que hacía las veces de diván, escuchando algunas arias interpretadas por Edita Gruberova.

—Sé que Julián amaba mucho a su padre, que eran muy compañeros, y que desde que desapareció, Julián empezó a estar mal.

—¿Desapareció? ¿Se lo llevaron? —interrumpí, mirando a dos Juan José, uno pequeño y joven, preocupado pero prístino con la cabeza apoyada en la pared que servía de respaldo al colchón, y otro deformado y fragmentario, extraordinariamente distorsionado por la copa de vino blanco a través de la cual su rostro adquiría el aspecto de una máscara surrealista un poco amenazante. Ambos eran él y no lo eran totalmente, y la visión de la imagen inquietante filtrada por el prisma de ámbar de la copa de vino falseaba la otra, la imagen que debería ser real, la de su cabeza apoyada en la pared con su pelo corto, su bigotito ralo y su barbita en punta.

—Exactamente no sé decírtelo. Es un poco como un secreto de familia. Sé que tiene que ver con cuestiones políticas, o sea, si no desapareció, que se lo llevaron los militares, se escapó y está escondido en alguna parte. La cuestión es que la familia parece haber hecho un pacto de silencio sobre ese tema. Se entiende, es por su seguridad. Si está escondido una palabra en falso puede ser su fin, tu sabes cómo son estos hijos de puta. Si se lo llevaron…

—Podría estar vivo aunque se lo hubieran llevado —dije a las dos imágenes de Juan José, a la imagen del vaso y a la de la cabeza contra la pared, dando a cada una igual importancia.

—No se sabe adónde han ido a parar miles de personas. Pueden estar vivas, sí, a lo mejor algunas están vivas. Pero ¿quieres que te diga lo que creo? Creo que han matado a la mayoría, que los han torturado y los han matado, o de otro modo este país se estaría convirtiendo en una inmensa cárcel que se expande constantemente.

—Entonces, si es como tu dices, se está convirtiendo en un inmenso cementerio.

—Así es. Un silencioso y anónimo cementerio, con tumbas sin nombre y sin lápida, con muertos sin funeral. Sin contar los demás millones, los muertos vivientes que caminan día a día por las calles.

Fue en ese momento que ambos apuramos lo que nos quedaba en las copas, y fui yo quien se levantó a buscar la botella de vino blanco en la heladerita. Por algunos minutos no dijimos nada. Cuando volví a sentarme junto a Juan José, le pregunté:

—¿Julián no sabía si su padre estaba vivo o muerto?

Juan José me respondió mirando el cáliz de su copa ahora llena, como si le hablara a ese vino dorado. —No lo sé. A lo mejor tampoco él lo sabía, y eso lo torturaba todavía más.

—¿Sabes qué es lo raro? Julián me contó una historia totalmente diferente sobre su familia, una historia trágica, extrañamente elegante si lo pienso bien. Ahora que la veo desde lejos, era una historia como aquellas novelas del siglo diecinueve, llenas de intrigas y ambientes sombríos, pero protagonizadas por caballeros misteriosos y damas refinadas.

—Julián era muy especial. Yo no diría que era mentiroso. Acaso quería transformar también para él una realidad cuya sordidez no soportaba. ¿Has visto lo que es esa casa?

Se respira encierro, soledad. La madre siempre tomando, y la pobre vieja ésa, cómo se llama... la abuela Genoveva, tratando de mantener lo más parecido a un hogar ese lugar que se viene abajo. Yo creo que el padre Leopoldo era el que más lúcido estaba, y por eso Julián no soportaba su ausencia.

–¿Conoces las acuarelas de la madre? –pregunté repasando con mi mirada de adentro, no la que veía el estudio de Juan José en esa noche, sus cuadros, su mesa y su atril, no la que lo percibía a mi lado con sus dos caras, la de la pared y la de la copa de ámbar, sino con aquélla que me devolvía las paredes internas de la casa de Julián, el oscuro hall con el perchero, la cocina y su luz amarillenta, su cuarto y la ventana al patio.

–Debe pintar siempre la misma. Creo que está allí sentada y se hace la que pinta para poder tener siempre un vaso de vino al alcance de la mano –respondió Juan José de manera tan taxativa, que sentí que las paredes de la casa de Julián, el hall la cocina su cuarto, se desmoronaban como un castillito de azúcar detrás de mis pupilas.

–No creía que fuera para tanto –alcancé a articular superando el imparable derrumbe de mis convicciones.

–¿No la has visto? ¿Alguna vez la encontraste parada, o haciendo algo? Digo algo que no sea jugar con esos pincelitos y las hojas de papel...

–No. Tienes razón. Pobre Julia.

–Pobre Julián, querrás decir. Imaginate qué vida con una madre alcohólica y un padre desaparecido.

Después de esa conversación, soñé que estaba durmiendo y un ruido me despertaba. Cuando me sentaba en la cama, veía que a mi lado, en la ventana, del otro lado del vidrio, un pájaro inmenso de alas negras aleteaba tratando de entrar a mi habitación. Su pico curvo como el de las aves de rapiña rasguñaba la ventana mientras sus ojos malignos me observaban con el odio sin pestañas de los pájaros, redondo y furibundo. El golpeteo de sus alas contra el cristal me despertó.

La angustia que me provocó ese sueño hizo que me levantara, me vistiera rápidamente, y me dirigiera con paso inequívoco al bar del tajamar. Sentía la necesidad de beber y de no estar solo, al menos no en la soledad de mi cuarto, porque la soledad de la calle es una suerte de soledad compartida, que en cualquier instante puede quebrarse y dejar lugar a un resquicio humano.

El bar estaba abierto, como siempre. Sus luces pobres entibiaban la pobreza de sus paredes de madera y vidrio, y llegaban exánimes hasta las mesitas de la tarima, allí donde solía sentarme yo, sobre el canal cubierto por esas tablas ya manchadas de cerveza y grasa. El frío atenazaba de manera tal que por una vez decidí sentarme dentro del local, donde la parrilla siempre encendida, el televisor siempre encendido, las luces de neón ennoblecidas por el humo, la grasa y las manchas de las moscas, hacían más cálido el ambiente.

Me senté a una mesita mínima, como mínima se sentía mi alma esa noche sin estrellas, y tal vez con la idea de que mientras más pequeña fuese la mesa, más pequeña se haría mi desolación. En otra mesa, junto a la pared fabricada con puertas de demolición, con cristales recuadrados y casi opacos de humo, se hallaba sentada una pareja a la que empecé a observar. Su mundo tan distante del mío me atraía y me repelía, pero sobre todo me salvaba del derrumbe de mi propio mundo, esa catástrofe que se anunciaba y en noches como ésa se precipitaba arrolladora sin dejar nada a su paso.

Era una pareja pobre, con una de esas pobrezas dignas como se ven solamente en los países latinoamericanos, o tal vez también en otros lugares del mundo adonde la mano implacable de un sistema inhumano ha desencajado vidas y almas. Era una pareja madura, ella con el pelo teñido de color cobre, lo que se diría cobre si en el pelo pueden reproducirse las categorías minerales y metálicas de la naturaleza. Era un peinado muy firme, porque su pelo era abundante y tan enmarañado que difícilmente algún elemento del exterior pudiera introducirse en su masa compacta, o al menos alterar el orden curvo y bien ordenado del peinado. Tenía una cara de rasgos bastos, con una nariz demasiado ancha para ser mujer, pero que había sido contrarrestada por dos cejas apenas sugeridas, un hilito de hormigas ínfimas petrificadas sobre los ojos con bastantes arrugas, gruesas también, y sombreados de celeste sobre las pupilas oscurísimas, se diría que negras. La generosa boca desbaratada había sido pintada de un color que variaba entre el bermellón y el morado, o tal vez así me parecía quizás por efecto de la luz de neón. Apoyaba sobre la raída mesita de fórmica dos codos enfundados en una blusa celeste con volados, de cuyos puños barrocos surgían sus manos grandes, de dedos compactos coronados por largas y cuidadas uñas rojas, y adornados con varios anillos anchos y baratos. Frente a ella el marido (no sé por qué, pero en ningún momento podría dudarse de que era el marido), lucía un cabello pegado al cráneo por la fuerza algún fijador contundente, que le daba a su cabeza el aspecto de una suerte de casco impenetrable, mientras que su cara, también una geografía de arrugas gruesas y nobles, gozaba de una nariz larga y sinuosa apoyada en un bigotito a la Clark Gable, y de una boca finita y dura, aunque no exenta de una cierta virilidad gentil para con su compañera. Tomaban vino de la casa, en una jarra que habría contenido ese ácido brebaje por decenios, y el líquido había teñido el recipiente por dentro y por fuera, de manera tal que se hubiera dicho que en caso de terminarse el vino, se podría lamer el mismo envase y consumirlo así de a poco con los mismos resultados que beber su contenido. Comían carne asada en la parrilla que impregnaba de humo todo el ambiente, y hermanaba a todos sus clientes con su aromática pestilencia.

Me quedé mirándolos mucho tiempo, qué armonía sin dulzura emanaba de ellos, de su relación llana y sin blanduras, como sin blanduras debía ser su vida de pobreza sostenida, sin grandes esperanzas y con la sencilla e irrefrenable esperanza de seguir vivos. Sin duda ella se había vestido y pintado especialmente para esa cena, como él se había puesto esa camisa blanca para llevarla a comer a ese lugar mísero y sincero, el único que podría permitirse y sin embargo el mejor lugar, donde su pobreza tenía, a su manera, una cierta elegancia, y su cena era suntuosa.

Otros clientes poblaban el interior de ese local custodiado por el ángel azul, que surgía de entre los sacros vahos de la parrilla como una aparición bíblica, y al volver la vista a mi propio vaso y a mi botella ya vacía me di cuenta de que la calma había regresado a mi corazón, y que la realidad sin concesiones de ese lugar, su vida neta desprovista de metáforas, me había tomado de los pies y los había apoyado nuevamente en la tierra, en la tierra que pisan los hombres y mujeres del mundo. Ahora sentía que no necesitaba emborracharme, que podía seguir viviendo. Sin embargo permanecí mucho rato más sentado a esa mesa, tomé otra botella con la serenidad de quien hace lo que hace porque lo desea y no porque no sabe qué otra cosa hacer, o porque no tiene opciones. Bebí otra botella antes de marcharme a caminar por las calles desiertas, heladas, adonde ni los perros querían aventurarse a trotar, tan despoblada y fría era la noche.

A la noche siguiente regresé a casa de Juan José a hacerle una propuesta concreta.

—Vamos al cementerio —le dije— Quiero ver la tumba de Julián.

Esa noche, Juan José estaba especialmente concentrado en su arte. No cesaba de dibujar y acumulaba hojas de papel en el suelo, junto a su pequeño atril. Sabía que no hubiera debido molestarlo, tal vez sentarme en el colchón y beber vino blanco, mientras lo miraba y lograba arrancarle frases o párrafos de esas historias que me interesaban tanto, las historias de la vida de Julián. Pero una inquietud que no era de este mundo me dejaba sin paz, me empujaba.

—¿Al cementerio? ¿Para qué? —me respondió mirándome como si le hubiera propuesto la cosa más descabellada del mundo. Y quizás lo era. Yo mismo me sorprendí de su sorpresa, a él, a quien nada le parecía descabellado.

–Quiero ver la tumba de Julián, eso es todo.

–Hubieras ido al entierro y la veías. Una vez que la viste ya está.

–No fui al entierro –contesté sin mirarlo.

–Ya lo sé, yo estaba ahí.

–No me hubiera aguantado las caras de Julia y de Genoveva –dije no como justificación, sino como si lo dijera para mí mismo, y en ese momento me di cuenta de que muy probablemente ésa era la verdadera explicación para mi ausencia. La explicación que nunca había obtenido de mí mismo.

–Tienes razón. Era patético. Además parecía una película, llovía y éramos tres gatos. Julia apareció con un ramito de flores que daba pena, y no había nadie ni siquiera para llevar el cajón –decía Juan José mientras se limpiaba las manos.

–Me imagino.

–No puedes imaginarlo. Nadie lo hubiera podido planear de manera más dramática, sólo el mismo Julián, si él hubiese dejado órdenes para que su propio entierro fuera así, de película mexicana –agregó con una sonrisa y esta vez reconocí su tono irónico, y no supe si verdaderamente lo sentí en alguna parte de su pequeño cuerpo desgarbado o me estaba tomando el pelo y en realidad se reía de mí.

–Está en el cementerio del sur, sabes dónde queda. Es lejos, pero el camino es muy bonito. Claro que si vamos a esta hora vamos a tener que escalar la pared –agregó de pie frente a mí, como desafiándome a mantener mis intenciones.

–No creo que sea un problema –respondí tratando yo también de ser desafiante.

Se puso una suerte de gabán marrón que se parecía lejanamente a aquel Montgomery azul que usaba Julián, pero éste no tenía capucha, y en lugar de alamares se abrochaba con grandes botones de asta. Yo me puse mi campera y hundí las manos en los bolsillos como estábamos a punto de hundirnos ambos en la noche, en la noche sin estrellas que nos debía llevar a la tumba de Julián.

El camino hacia el cementerio del sur era largo, recto y arbolado. Los inmensos plátanos seculares no habían perdido sus hojas, sino que sus follajes majestuosos se habían petrificado, adquiriendo la rigidez de las esculturas y los destellos del bronce. La calle era bastante angosta, y desde el ómnibus destartalado en que viajábamos, casi únicos pasajeros, yo iba escudriñando las casas antiguas y las mansiones señoriales de otras épocas, alineadas a las orillas de esa avenida en recuerdo de épocas pretéritas, emanando una serenidad única en esa ciudad adocenada, resistiendo desde sus firmes cimientos al cambio brutal de los tiempos y a su devastador mal gusto.

Avanzábamos y Juan José mantenía el silencio. Él miraba hacia delante, a través del parabrisas orlado con una boa de peluche rojo de la cual colgaban objetos de plástico fosforescentes de la más variada índole, todos en fila dispuestos como una ofrenda ritual al ídolo que señoreaba en el centro, bajo el espejo retrovisor: un zapatito de bebé ajado y manoseado que daba tantos saltos desde su piolín grasiento como si el pie de su dueño invisible todavía se encontrase dentro y hubiera sufrido el embrujo de la bailarina de la fábula que no podía dejar de danzar. El volante del autobús también estaba enteramente tapizado de un material peludo que indudablemente sería sintético, pero éste era verde, y acariciado y vuelto a acariciar por el infinito pasamanos de los conductores, se había alisado en una suerte de peinado permanente, unto y obediente como la cabellera de Elvis Presley. Otra dimensión diferente emanaba de la calle allá afuera, noble bajo la semipenumbra que los faroles del autobús mojaban de luz instantáneamente, mientras a nuestros costados pasaban los restos de un pasado humano atrincherado tras los troncos inmensos, silencios y palabras que se escondían y cultivaban jardines secretos frente a las veredas desiguales y antiguas.

Juan José se levantó de su asiento y con un *vamos* me indujo a hacer lo mismo. Tocó el timbre y con una frenada que parecía haber clavado los dientes en el asfalto, el autobús nos dejó en una esquina oscura.

Cruzamos la avenida y emprendimos la marcha por una calle larguísima, abovedada de plátanos también ésta, pero ya con un carácter campesino, de pueblo que se defiende en pocos metros del avance de la nadización. Emprendimos la marcha y yo hundía mis manos en los bolsillos de la campera, delante de mí el camino recto que unía sus paralelas allá a lo lejos, entre las sombras, sereno y mudo en la noche.

Pronto marchábamos ante los viñedos y las casas bajas y pobres de los contratistas, y Juan José dijo:

—Cuando pasábamos por aquí con el acompañamiento, los campesinos se levantaban de la tierra sobre la que estaban agachados, y se sacaban el sombrero, y nos miraban apoyados en las zapas y en las palas. ¿No te parece un signo de extremada civilización? O tal vez digo mal, no civilización, sino de humanidad, un signo de extremada humanidad. Estamos tan cerca de la ciudad, o de ese amasijo de edificios horribles que llaman ciudad, y ya aquí la gente es diferente. Basta este espacio abierto, la fuerza de estas viñas. No sé, hay algo distinto. Me alegro de que lo hayan traído a este cementerio —dijo y aquí hizo una pausa.

Yo no respondí, no eran preguntas las que formulaba Juan José, ni aseveraciones que esperasen réplica. Seguimos unos pasos en silencio, y al cabo de un poco agregó:

—Tal vez estoy diciendo una sarta de estupideces. Esto me pone un poco nervioso. No sé cómo se te ocurre venir al cementerio de noche.

—Yo sólo dije que quería ver la tumba de Julián —argüí irónicamente, lanzando al tapete el doble juego que se desenvolvía entre mi expresión de deseo y la acción. Pero Juan José no atrapó la piedra, o no quiso hacerlo, y se limitó a contestarme:

—Es lo mismo. Ya estamos aquí; ahora hay que llegar.

Caminamos mucho rato bajo los altos plátanos que de la vereda prestaban misterio y sombra a la calle. No hablamos más, ambos sumergidos en el silencio nocturno de nuestros propios pensamientos, con los breves chasquidos de nuestros propios pasos restallando en la sombra como los primeros goterones de una tormenta incipiente sobre las piedras caldeadas del verano. Pero el frío apretaba los puños y ennegrecía aún más el aire movedizo de aquel camino hacia el cementerio, apurando la calle hacia la tumba de mi amigo, que sin embargo no se iba a mover de donde estaba, fija en alguna pared de aquel apartado pueblo construido para los muertos.

Cruzamos por debajo del puente que sostenía una alta carretera sin árboles y volvimos a entrar en el túnel de plátanos. Poco después, la oscuridad compacta de la noche enmarcó las siluetas de los puestos cerrados de los floristas junto a un paredón fantasmagórico. Llegamos hasta el portón principal, de hierro luminiscente, y ambos nos quedamos mirándolo sin hablar, buscando en nosotros mismos las palabras mágicas, como Alí Babá frente a la caverna de los tesoros.

–Nos conviene escalar la pared –dijo entonces secamente Juan José, con un tono de seguridad que no daba lugar a réplicas, y que parecía el resultado de un análisis concienzudo de las posibilidades que teníamos de penetrar en ese cementerio de alguna manera no convencional, en plena noche.

Caminamos uno al lado del otro junto al paredón que custodiaba los muertos, y elegimos un punto en el cual se apoyaban variados escombros resultado de algún parche aún no concluido en la centenaria humedad de la pared. Apilamos a tientas los trozos de ladrillo y cuanto objeto encontramos en el montón, y comprobamos que con un buen esfuerzo podríamos alcanzar la cornisa superior, que de todos modos no era tan alta. Juan José subió primero y desde arriba me tendió una mano cuando yo pugnaba por alcanzar el borde. En esos momentos me di cuenta de que sus manos eran muy firmes y extrañamente ásperas, con una aspereza que se hubiera dicho muy añosa y que sin embargo no era desagradable, sino que daba a su ayuda la sensación viril de una fuerza que venía de adentro, desde más allá de su rostro extremadamente joven y de su cuerpo menudo y desgarbado.

Bajar hacia el lado interno fue relativamente fácil, y poco después nos hallamos ambos de pie, inmersos en el mundo de los muertos como Odiseo en el Hades a punto de encontrarse con Anticlea, nosotros invasores incógnitos de esa soledad donde siempre era de noche y adonde sin embargo sólo se hubiera podido entrar de día.

Polizontes mudos, avanzamos por los absurdos senderitos de baldosas medio hundidas entre árboles tristes y palmeras desgastadas, guiados por Juan José y vigilados por el cielo acerado de una noche sin estrellas.

Llegamos hasta una escalera de hierro que se apoyaba en lo que me pareció un pabellón nuevo, como denunciaban las paredes de revoque basto y la falta de suelos sobre el cemento que espejaba la sombra. Subimos los altos escalones cuidando de no hacer ruido, como si pudieran despertarse los muertos, y entramos en el primer piso de esa construcción que la inmoralidad había llenado de cadáveres antes de ser terminada. Caminamos por el pasillo adornado de nichos y entramos en la primera ala hacia la derecha, una breve entrada trunca abierta sobre los mismos jardincitos pobres de allá abajo. Juan José sacó entonces del bolsillo una linterna que en la nocturna miopía se me antojó que era aquella linterna de Julián, la que había encontrado en el cajón de su cómoda la noche en que me llevó a conocer las ruinas de la maderera Pasco. Pero no tuve tiempo de aferrarme a mi hipótesis, porque enseguida el haz de luz trepó por la oscuridad y se apoyó en una lápida alta, la tercera y última fila de nichos contra el techo de vigas desnudas y desiguales. Automáticamente mi mirada siguió ese sendero intangible y vi el rostro de Julián en un óvalo gris, inmovilizado por un marco de peltre adornado con salientes y molduras. Tenía los ojos tan abiertos que sentí que me absorbía, y en un instante de delirio hipnótico vi en ellos mis propios ojos, reproducidos de manera tan cruel y neta que tuve que apretar los párpados y quedarme inmóvil sin decir una palabra. Tampoco Juan José pronunció nada, y me pareció que la luz no tembló desde sus manos al descubrir los ojos grandes, penetrantes y desesperantes de Julián. Me preguntaba cómo mi amigo podía estar en un sitio tan horrible, y hubiera expresado mi intención de sacarlo de allí si Juan José no me hubiera pasado un brazo sobre el hombro y ese calor humano en el antro funerario de la noche no me hubiese rescatado de mi alucinación.

Julián Esquer, 1981 era la única inscripción tallada en el mármol gris, y tal vez era más que suficiente o tal vez era trágicamente innecesaria, ya que el olvido se encargaría de borrar su nombre, y aquella mirada que adoraba la muerte permanecería aún para enterrarse en la carne de todos los que alzaran la vista hacia un nicho abandonado, cuando pasaran los años, las décadas, y todos los testigos de esa historia hubiéramos desaparecido engullidos en la vorágine del tiempo.

–Julián no está aquí. Eso es sólo una foto –me dijo entonces Juan José, arrancándome despiadadamente de los pensamientos que me enmudecían. No lo dije a él, pero me dije a mí mismo *al menos no está sonriendo*, porque reviví en ese instante un episodio de mi infancia, cuando mi abuelo me llevaba a pasear al cementerio –no a ese pequeño cementerio casi campesino, sino a un gran cementerio cerca de la ciudad– y mirábamos juntos las lápidas y los mausoleos. Con mi abuelo leíamos las inscripciones y nos reíamos de la vanidad humana, de la pretensión de que el recuerdo pudiera vencer al tiempo, y mi abuelo observaba las fotos con detenimiento, pero se ponía de pésimo humor si veía retratos de difuntos que estuvieran sonriendo. Según su lógica, indiscutible para mi infancia, una tumba no era lugar para estar riéndose desde un portarretratos.

Miré una vez más los ojos de Julián, su boca bien dibujada y un poco tensa, sus cejas firmes y el cabello oscurecido por la sepia de la fotografía, y Juan José me hizo saber, con un leve apretón en el brazo, que debíamos marcharnos. Quise sentir yo también que Julián no estaba allí y elaboré todo el racionalismo posible, o el espiritualismo, cualquier cosa que me sirviera para no aferrarme a ese nicho sórdido en aquel sórdido pabellón inacabado del cementerio, pero sólo pude recordar con vívida nitidez las innumerables noches de caminatas, las charlas y los silencios, la visita al hospital, el bar con el vendedor de drogas, y yo vivo junto a Julián.

—Vamos, me dijo entonces Juan José con voz neta al comprobar que seguía sin moverme, y se adelantó por el pasillo de nichos que de vez en cuando escandía el tajo recto de una junta en el cemento inacabado, abierto sobre el piso inferior.

Lo seguí como un autómata y ni siquiera se me hizo difícil escalar la pared desde adentro del cementerio, y alejarme por esa calle ahora cómplice de nuestra visita y que vibraba apretada en el aire entumecido de la noche invernal.

Cuando caminábamos en silencio, cada uno nadando en sus propias cavilaciones, sentí un rumor que se nos acercaba en dirección contraria, algo así como el chirrido de un animal hecho para volar y obligado a arrastrarse por la desdichada tierra de los hombres. No veía nada en la oscuridad mal iluminada de aquella larga calle derecha que desembocaba en el cementerio, del que nos alejábamos con pasos que me parecían cada vez más veloces. Hasta que poco a poco el chirrido, que ahora empezaba a identificar como proveniente de ruedas, lento y persistente, se hizo más fuerte, y empecé a distinguir delante de nosotros una especie de mancha multicolor, algo así como una anémona gigante sobre dos desvencijadas ruedas laterales, que se movía penosamente denunciando no sólo las irregularidades de la calle de tierra apisonada, sino también las deformidades de esas dos viejas ruedas obligadas a girar y girar eternamente. Era una mancha feliz, aunque informe, que despedía una luminosidad en la cual los colores vivaces se confundían en un movimiento que casi les confería vida propia.

Parecía que esa mancha fuera cantando. Y sin embargo el silencio era tenso, grave, y sólo el chirrido de las ruedas acompañaba nuestros pasos.

Cuando nos aproximamos más, nosotros, Juan José y yo, con nuestras suelas temerosas que habían aminorado la marcha, y las dos ruedas deformes que sostenían la mancha de colores, comprendimos que se trataba de un carro de flores, de miles de millones de pétalos de todas clases, formas y matices, empujado por una vieja que quedaba escondida detrás de la rubicunda masa vegetal. Sin duda se dirigía a abastecer los puestos de flores del cementerio, pensé, en especial cuando la vi pasar con la cabeza baja, oscura y con su trenza renegrida sobre la espalda firme y añosa, características de los bolivianos, muchos de los cuales trabajaban en el cultivo y venta de flores.

Pero no fue esa tranquilizadora conclusión la que deshizo mi desconfianza y volvió a dar ímpetu a mis pasos y junto a los míos, a los de Juan José. Fue haber reconocido en la vieja de la trenza a aquella misma vieja que me había hablado en el hospital, y que luego había encontrado en el bar del boxeador, antes de que me llevasen preso. Recordaba precisamente su nombre, un nombre poco usual en nuestra cultura, tal vez anticuado para nosotros: era Toribia Galarza.

Lejos de espantarme, este descubrimiento me dio una cierta paz, como si esa mujer que pasaba con su bagaje de flores en un cierto sentido me cuidara, y su presencia asegurase que yo todavía seguía vivo.

La vi alejarse con su paso acompasado, marcado por las numerosas faldas de colores, apagados los colores ante el estallido de los millones de pétalos que empujaba con la misma entereza y aceptación con que debía empujar a la vida, esa flor inmensa e incomprensible.

La siguiente noche que visité a Juan José lo encontré enfermo. Estaba acostado sobre el colchón en que solíamos tirarnos a beber y hablar, temblaba y sudaba a mares, pálido como si la sangre hubiera escapado de su rostro. Le toqué la frente y hervía. Me miró con los ojos acuosos, nublados y sin embargo llenos de estrellas. Los labios resecos parecían querer modular palabras que morían antes de escapar de los bordes requemados, y el cuerpo menudo se sacudía en temblores feroces que lo obligaban a crispar las manos sobre los bordes del colchón, en un intento por sujetarse y no ser arrastrado por esa fuerza interna que parecía querer sacarlo de él mismo.

Busqué por todas partes una botella de vinagre, y finalmente encontré una medio vacía en un anaquel de la alacena de la cocina, que era una habitación grande adonde nunca entrábamos, y estaba revestida de azulejos verdes. Vacié el vinagre en una pequeña cacerola de aluminio que descubrí detrás de una pequeña puerta, también pintada de verde, debajo de la pileta, y le agregué agua. Volví al estudio y puse todos los hielos que contenía el pequeño congelador de la heladerita en la misma cacerola. Saqué mi pañuelo del bolsillo del pantalón y lo sumergí en el agua helada con vinagre. Empecé a colocarle compresas sobre la frente, e inmediatamente esto pareció aliviarlo. Le dejé el pañuelo casi tapándole los ojos, regresé a la cocina y llené un vaso con agua, se lo puse en los labios y logré que bebiera un sorbo. Acuclillado junto a su cabeza, muy pronto empecé a acalambrarme, entonces me senté al extremo del colchón, como habíamos hecho innumerables veces para tomar una copa de vino blanco, y puse su cabeza sobre mis piernas.

Acerqué la cacerolita con el agua y vinagre, y me dediqué a hacerle compresas sobre la frente. Su temperatura era tal que el pañuelo se calentaba a los pocos instantes, y tenía que volver a sumergirlo en el agua helada para repetir ese acto de piedad.

Pensé entonces en la naturaleza de la piedad, y por un instante me pareció un logro absolutamente humano, quizás el rasgo distintivo de los seres humanos sobre los demás seres. Recordé las noches en que Julián se retorcía de dolor sobre su cama en aquella casa del pasillo, y pensé incluso en Riqui, preguntándome si hubiera sido capaz de cumplir ese rito amoroso que requiere la piedad también con él, un hombre hacia el cual no sentía en absoluto ningún tipo de simpatía. En esos momentos un vértigo monstruoso estalló en mi mente y nubló mi vista, estuve a punto de caerme doblado sobre la misma cabeza de Juan José, y sólo por un extremo esfuerzo de voluntad logré mantenerme apoyado a la pared, que se me antojaba blanda y peligrosa, como una lengua mórbida que vibrase malignamente contra mi nuca. El terror de perder a Juan José como había perdido a Julián, de volver a la celda de cemento en que agonizaba y en la cual sin duda iba a morir, tomó cuerpo en mi cuerpo como otra fiebre, una fiebre intangible y letal que me fustigaba los miembros y agitaba mi pecho, llevándolo al extremo en una opresión que desembocaba en náuseas. Apoyé con fuerza mi cabeza contra la pared y la apreté brutalmente contra esa valva gelatinosa en que se había convertido el cemento, hasta hacerme daño, haciéndome un daño que era más saludable que ese daño interno que estaba a punto de destrozarme en un estertor inhumano. Mi mano derecha permanecía sobre la frente de Juan José, sobre el pañuelo mojado que estaba sobre su frente caldeada y yo no apretaba, porque en mi desesperación trataba de preservarlo de mí mismo, del empellón brutal de mi terror, sobreponiéndome a mi lucha interior, consciente en mi mano derecha de que tenía que cuidarlo, cuidarlo costara lo que costase.

Pasó un rato, un siglo o algunos minutos, y apretaba mi cabeza contra la pared hasta que poco a poco, lentamente, el terror fue cediendo paso al dolor del cráneo contra el cemento, que recuperaba su solidez material y me devolvía con dureza la presión furiosa que yo ejercía en su contra.

Sentí que el pañuelo bajo la palma de mi mano estaba caliente y abrí los ojos, lo sumergí una vez más en el agua helada en la que aún flotaban fragmentos de hielo, y lo volví a colocar sobre la frente de Juan José. Me pareció que habían cesado sus temblores y que si bien seguía muy pálido, se había relajado. Despegué la cabeza de la pared y volví a apoyarla esta vez con dulzura, como si debiera tratar bien a esa pared más que a mi cabeza, cerré los ojos nuevamente y me mantuve quieto. De vez en cuando quitaba el paño de la frente del enfermo, lo sumergía en la cacerolita, y se lo volvía a colocar.

No sé cuánto tiempo pasé en esta posición, pero en algún momento me quedé dormido. Soñé entonces que estábamos escalando con Juan José una pared de roca casi lisa, vertical, sobre un abismo que se volvía oscuro más abajo, un abajo que no tenía fondo. Juan José se había adelantado y estaba de pie en una saliente de la roca clara, sosteniendo la soga de la cual pendía yo mismo, aterrorizado y sudando, sin saber muy bien dónde apoyar los pies. Trataba de subir hasta donde estaba mi amigo, pero me costaba demasiado, mis pies resbalaban en la superficie pulida y cada intento provocaba una oscilación que me alejaba de la superficie sobre la cual hubiera debido estar apoyado. Las manos con que aferraba la cuerda con la que Juan José me sostenía me dolían crispadas y empezaban a sudar. Las oscilaciones se hacían más grandes, más fuertes, y cuando se hicieron enormes, logré contemplar con vertiginosa perspectiva la roca vertical sobre la cual intentaba apoyarme: era una gigantesca escultura de la cara de Julián, y yo estaba exactamente debajo del ojo izquierdo. Ese descubrimiento me llenaba de zozobra, como si hubiese tomado conciencia del peligro inminente que significaba esa efigie, y cuando miraba hacia arriba, Juan José, con su expresión cándida y joven me estaba hablando, me decía algo que hubiera podido significar la clave de mi salvación, mientras tenía en sus manos de dedos espatulados la soga de la cual pendía mi vida. Me decía algo pero yo no alcanzaba a comprender sus palabras, demasiado susurradas en ese abismo terrible.

Me desperté sobresaltado y Juan José seguía con la cabeza apoyada en mis piernas, murmurando palabras ininteligibles.

–Tu… Tu no sabes… –me pareció que murmuraba. Era muy difícil entenderle. Si bien la fiebre parecía ceder en su frente siempre húmeda con las compresas de agua con vinagre, el cuerpo seguía prisionero de una especie de fiebre interior, que lo empalidecía y lo estremecía, dando a su voz ya débil la reverberancia de las pequeñas olas que se deshacen en una breve playa, playa su boca reseca y sus labios entreabiertos para ese murmullo.

–Julián… –agregó– Tu no sabes…– Yo lo miraba fijamente, como si con los ojos pudiera comprender más que con el oído, porque sabía que no podría escuchar algo más claro que lo que estaba escuchando, y tal vez la expresión, el movimiento de sus labios, completasen el sentido de sus palabras.

–Éramos… Laura nos había dicho… No es una casualidad. Julián y yo… –alcanzó a decir y yo seguía mirando sus labios cuando de repente se incorporó de mis rodillas y volcando la cabeza a un costado de deshizo en un vómito largo que llenó todo el suelo del estudio hasta el otro extremo, pasando por debajo del atril y dejando un reguero ácido encima de las baldosas desgastadas.

Me levanté, le limpié la boca y le puse una almohada debajo de la cabeza. Busqué otra vez en la cocina verde todo lo que podía encontrar, y me dediqué a limpiar como un autómata, tratando de no mirar demasiado el suelo porque corría el riesgo de vomitar también yo, y derramar en ese mismo estudio el resultado de mis dudas y mis cavilaciones sobre ese líquido corrosivo y verdoso que parecía aferrarse a las baldosas y penetrar sus dibujos consumidos.

Después de esto, Juan José empezó a mejorar rápidamente, la fiebre cedió y logró beber y dormir. Permanecí a su lado, yo sin dormir ni soñar, regresando a mis reflexiones sobre la piedad, pero ya sereno, sin angustia, con el silencio propio de los pensamientos íntimos, suaves, humanos.

Una noche, por fin, fuimos a casa de Laura.

Caminamos bajo el frío de los barrios viejos, en dirección al norte, adentrándonos en calles que eran el reino penumbral de las prostitutas y los travestis, hasta llegar a una gran plaza antigua. Era la primera plaza de la ciudad, allí donde en el siglo XVI los españoles habían comenzado su radicación definitiva, ayudados por la ingenuidad de los indígenas locales que habían creído que el yugo de los nuevos señores sería menos riguroso que el de los incas, que ya habían descendido de los Andes hacía medio siglo para anexarlos a su imperio.

Nada de indígena había quedado allí, como nada de indígena quedaba en toda la Argentina. La tarea de los conquistadores había sido seguida y perfeccionada por los primeros gobiernos de ese país incipiente, ansioso de imitar a sus padres europeos, y que se había apurado a unirse a sus modelos culturales exterminando de cuajo todo lo que olía a nativo. Por eso en esa plaza que plaza había sido también de la población huarpe, nada quedaba de los huarpes, y tampoco de los españoles conquistadores, a decir verdad, porque los terremotos que habían azotado la región desde la llegada de los colonizadores habían ajusticiado sus palacios y sus vidas, arrasando con ira divina y más de una vez toda huella humana. Por lo tanto la plaza era solamente antigua, con sus altas palmeras delgadas y sus vereditas de baldosas desteñidas, rodeadas de árboles añosos, sus bancos de piedra y sus canteros cansados.

La casa de Laura se encontraba frente a esta plaza, y era una bella construcción que mezclaba estilos coloniales españoles con los adornos que se desarrollaron en esta zona del mundo a principios del siglo veinte y se mantuvieron hasta los años cuarenta. Estaba pintada de color maíz, con una alta verja de rejas de hierro y madera torneada que encerraba un pequeño jardín rectangular, un pórtico con arcos de medio punto y un balcón de puertas muy altas sobre un costado.

Había esperado tanto para conocer a Laura, que al aproximarnos a su casa, la única iluminada en esa vereda nocturna frente a la antigua plaza de la fundación, me pareció un castillo, una especie de áureo minarete de Bagdad que flotase en una página de Las Mil y Una Noches irreal y detenida en el tiempo, una visión onírica en la que se mezclaban mi ansiedad y la quietud innatural de la sombra helada que nos circundaba, apretándonos a nosotros mismos, congelando nuestros pasos por la calle vacía bajo el cielo vacío en una ciudad que parecía estar totalmente vacía.

Juan José abrió la puerta de rejas del jardín, atravesamos ese umbral iniciático, y entramos al pórtico. Mientras esperábamos la respuesta a los toques que mi amigo dio en la puerta de madera bacheada, con un pequeño mirador de cristal enrejado, contemplé el farolito de hierro negro que colgaba sobre nuestras cabezas, única estrella encendida en esa noche sin estrellas, y lo comparé con el farolito que iluminaba la puerta de la casa de Julián, allá en aquel pasillo de piedra del barrio viejo. Antes de que la oleada de recuerdos –o el puñetazo de la realidad– hiciese tambalear mi espíritu, la puerta se abrió y apareció Laura, recortada en el vano, rodeada de la penumbra interior, una penumbra amigable y serena, no oscura, sino aterciopelada y cálida.

Sólo cuando la luz se decidió a posarse sobre su rostro, me di cuenta de que era una mujer mayor. No podría haber sido la hermana de Julián, ¿o quizás sí? Tenía el cabello apenas ondulado y oscuro, de un color que imitaba el de la madera bacheada de la puerta; sus ojos, amables e inteligentes, eran dulces y profundos, como si estuvieran estacionados en el tiempo, en algún remanso de ese fluir constante e impetuoso que arrastra todas las cosas del universo. Tenía una boca generosa pero no vulgar, y manos finísimas y fuertes, muy cuidadas aunque de uñas cortas e impecables. Cuando nos vio a Juan José y a mí, ambos delineados bajo la luz del farolito de hierro en la noche vacía, extendió una sonrisa amistosa y profunda, exenta de malicia, y con voz clara nos dijo:

–Qué alegría verlos, era hora de que vinieran a visitarme.

Pasamos por una sala iluminada con luces bajas y tibias, habitada por muebles antiguos tan lustrados que me parecía sentir el perfume de la cera sobre las maderas, cuyos brillos nobles se deslizaban armoniosamente por los haces de luz. Sobre un macizo trinchante oscuro se apoyaba el busto de mármol blanco de una mujer. Parecía antiquísimo, porque el mármol no era pulido y liso, sino áspero y poroso, como si tuviera milenios y antes de encontrar reposo en ese ambiente cuidado e impecable, hubiera pasado siglos a la intemperie en el altar derrumbado de algún templo ancestral devorado por las selvas. Reproducía el rostro de una mujer de rasgos regulares y expresión serena, pero lo más extraordinario era su tocado: a ambos lados de la cabeza llevaba dos especies de rodelas que podrían haber sido trenzadas con su mismo cabello, aunque eran muy grandes y tenían diseños complicados que sugerían la presencia de otros materiales en su confección. Laura notó inmediatamente mi interés en la escultura y me preguntó mientras entrábamos:

–¿Te gusta? Recuerda a la "dama de Elche", ¿no es cierto? En realidad no sé si tiene alguna relación, aunque puede ser más antigua.

Nos quedamos los tres unos instantes con las miradas posadas sobre el busto de la misteriosa dama, hasta que

Laura, reiniciando su sonrisa hospitalaria me tomó suavemente de un brazo y me condujo hacia adelante. Pasamos a una salita más pequeña, de suelos increíblemente lustrados en los que brillaban los diseños en verde, morado y negro. Estaba cerrada por detrás con mamparas de cristales de colores, cristales labrados de manera tal que sólo las luces y las sombras podían trepar por las miríadas de escalones de sus superficies, mientras que las imágenes se borraban, se desdibujaban y finalmente desaparecían absorbidas por el juego del laborioso movimiento de su textura. Nos sentamos en sillones tapizados de terciopelo, frente a una mesita de café llena de cajas de metal caprichosas, labradas, con incrustaciones, con cristales o piedras. Todo parecía sacado del pasado, y sin embargo no emanaba la sensación de lo vetusto, sino de lo vital, de lo que el tiempo respeta y ennoblece, pasando familiarmente por su superficie y bruñendo cada arista hasta dejarla reluciente y perfumada.

Laura se sentó frente a mí y noté que era elegante, con una elegancia tan simple que parecía irreal, o mejor dicho, parecía lo que debiera parecer un ser humano en una civilización verdadera, que le hubiese dado todo lo que una civilización puede dar de bueno. Su piel era llana como las porcelanas de una vidriera que se apoyaba en una de las paredes de esa salita, y su cabello brillaba con destellos de seda a la luz amable de los quinqués. Tenía puesta una blusa de seda cuyo color variaba según sus movimientos, pasando del marfil al gris suavemente, acompasada con los gestos precisos aunque pausados de su dueña.

—Es muy hermoso que hayas venido —me dijo mirándome a los ojos. —Julián hablaba tanto de ti. Tardó tanto en traerte.

—¿Sí? —pregunté con poca voz, como si mi sonido se escapara por entre las cajitas de metal de la mesita ratona, y se diluyera en los innumerables arabescos de sus tapas y sus bisagras de metal.

–Nunca me trajo –agregué más como una pregunta a mí mismo que como una afirmación dirigida a Laura, tratando de recordar afanosamente en un vértigo de memoria perdida si yo mismo había estado alguna vez allí.

Laura sonrió con una sonrisa no amplia, pero franca, dejando ver pequeños dientes marfileños. –Oh no, claro. Pero en un cierto modo te traía, y ahora te trajo, ¿no lo crees así?

La miré a mi vez y después bajé la mirada y la apoyé en los dibujos geométricos que taraceaban el suelo y me devolvían un orden que yo trataba desesperadamente de realizar en mi mente. No sabía si Laura hablaba de los muertos o de los vivos, y en esta lucha le contesté:

–Es demasiado tarde.

–¿Tarde? No, para nada. Siempre es el momento justo. Lo único que es tarde es la inmovilidad. Cada vez que se realiza un movimiento, es el tiempo de hacerlo. Ahora estás aquí, llegaste, y eso es lo que cuenta.

–Pero Julián no está –respondí tratando de disimular la rabia que me producían sus palabras pretenciosas y simbólicas, como si me sintiera estafado y me hubieran dado una suerte de premio consuelo por mi perseverancia.

–Ah, este Julián. Tendríamos que hacerlo venir –dijo Laura entonces sin mirarme, dirigiendo su vista hacia arriba, tal vez hacia una de las bellas molduras del techo blanco. Pero inmediatamente regresó de su propio pensamiento y volvió a sonreír, como disculpándose de haberse dejado llevar por un ensueño, y mirándome nuevamente agregó: –Ya sé que Julián no te trajo personalmente. Pero en un cierto modo te ha traído, ¿no? Si no fuera por él no estarías aquí, no habrías conocido a Juan José. Las cosas no siempre suceden de manera lineal, a veces dan muchos rodeos, pero te repito: nunca es tarde cuando hay movimiento –dijo y me miraba a los ojos con sus ojos marrones profundos muy bien delineados y de pestañas espesas.

Sus palabras a partir de ese momento empezaron a tranquilizarme sin que yo supiera por qué, aunque hubiera querido que Juan José, sentado a mi lado, hubiese pronunciado algo a mi favor, algo como un conjuro que me liberase de ese encantamiento y me reconciliara con la otra realidad de la que me costaba tanto desprenderme. La realidad que me acompañaba y me decía que Julián había muerto, que ya no lo veía jamás, y que esa cadena de personas que yo había ido eslabonando desde su muerte, por azar o por destino o por lo que fuere, no tenía más sentido que el vaivenear de una hoja que el viento del otoño desprende finalmente del árbol para arrastrarla hacia su destrucción, hacia la pulverización a la que todos estábamos sentenciados.

Pero Juan José se mantenía en silencio, en un silencio absorbente y sin embargo aislado, como si ya supiera todo lo que me decía Laura, y a su vez como si nos viera desde fuera a ambos, a Laura y a mí, envueltos en ese diálogo que por instantes se me antojaba un delirio y por instantes una revelación. Juan José con las piernas cruzadas, sentado y apoyado en el sillón de terciopelo sin denunciar su desgarbo juvenil y su seriedad anacrónica.

–Julián estaba muy solo, y le hizo muy bien tu amistad –prosiguió Laura delante de mí, como si llevara adelante una conversación natural, como quizás natural era para ella esa conversación. –Era demasiado sensible, y estamos viviendo en tiempos muy duros para la sensibilidad.

–Él me había dicho que eran hermanos, que eran… –no pude completar mi frase por vergüenza, tal vez no de su propia conclusión, sino de mi ingenuidad.

–Claro, hermanos es un término, puede ser –dijo Laura reflexionando acerca de mis palabras, y prosiguió: es una suerte de hermandad reunirse a hablar de otros mundos que no son éste, aunque para este mundo sea subversivo hablar y reflexionar; por eso somos una hermandad. ¿No nos hermana acaso una sensibilidad común? ¿Una forma de ver las cosas, de sentirlas? Nos hermana Julián, como nos hermana el hecho de estar hablando reunidos aquí mientras afuera pueden suceder cosas terribles. Pero creo que hay cosas más grandes que nos hermanan, y así lo debe haber sentido

Julián. Esas cosas trascienden lo cotidiano, lo visible, y se pueden llamar amor, si eso te deja más tranquilo.

Dijo esto último acercando su mirada a mis pupilas con tal intensidad que tuve que apartar los ojos, si bien no me sentí agredido sino penetrado, traspasado por un espíritu que no era cáustico sino amigable, pero de una amistad aguda y quemante, filosa y que desconocía la piedad. En ese instante sentí que su mirada se parecía a la de Julián, se parecía no físicamente, o tal vez también en algo físicamente, pero más que nada se parecía por su poder para desarmarme y dejarme desnudo conmigo mismo, sin capacidad de replicar. Creí comprender, con la comprensión de quien entiende la muerte en el momento en que está muriendo, y esa comprensión irracional, vital, orgánica, le devuelve la calma; creí comprender que en realidad Laura y Julián eran hermanos; hablaban el mismo idioma, aunque no usaran las mismas palabras. En esa casa, en esa noche, en esa conversación, los límites de la realidad se ablandaban y se derretían, dejando paso al libre fluir de la corriente vital del cosmos; o mejor dicho, atravesábamos el confín donde los sucesos se rigen por las leyes conocidas que mueven el gran mecanismo del universo, y allí pierden sus normas para someterse a nuevas y desconocidas reglas que no figuran en ningún libro, las reglas de la creación total, o del caos.

Después de esa primera visita a Laura, soñé con ella. Yo entraba por la puerta de madera bacheada que encontraba sin cerrojo, pero al penetrar en las habitaciones de su casa las encontraba desoladas, devastadas, vacías como si un huracán hubiese arrasado con todos sus bellos muebles. Los suelos estaban cubiertos de hojas secas y el tiempo parecía haberse adueñado de la casa misma, envejeciéndola y contaminándola con la tristeza de las cosas abandonadas. Caminé por la sucesión de cuartos deshabitados, y en el último de ellos encontraba a Laura, pero era una estatua, estaba arrodillada en el suelo mirando algo bajo sus ojos, con la cabeza gacha; parecía de mármol y las volutas de su cabello me hacían recordar las esculturas renacentistas. Me acerqué a esta figura y seguí su mirada de piedra, y vi en el suelo un pozo sin fondo, o mejor dicho, un pozo poliédrico en cuyo fondo estaba Julián, o el rostro de Julián, como un reflejo acuático, ondulando y mirándome seriamente con sus grandes ojos castaños. Pero cuando estaba casi por rozar el agua con mi propio rostro, yo también agachado junto a la estatua de Laura, una fuerza sobrenatural me arrastraba dentro, y empezaba a caer en un hueco oscuro sin paredes ni asidero. Abría la boca y no salía de ella ningún sonido. Miraba hacia arriba y veía alejarse la cara de Laura, o de la estatua de Laura, que me miraba impasible con sus ojos de piedra, y al mirar hacia abajo, los ojos de Julián se habían agrandado tan desmesuradamente que se habían convertido en una suerte de lago oscuro que me aguardaba en el infinito.

Desde esa primera vez que conocí a Laura, una fuerza dentro de mí mismo me llevó una y otra vez a su casa, en noches solitarias como todas mis noches, a veces acompañado por Juan José, a veces solo. Ella siempre me recibía con una sonrisa, dispuesta a charlar conmigo sin hacer preguntas, pero no por falta de curiosidad sobre mi vida, sino porque yo tenía la impresión de que ella sabía lo esencial de mí, que me conocía hasta fronteras que ni yo mismo había cruzado. Con Laura me sentía seguro, protegido. Aunque ella, al igual que Julián, nunca demostrase manifiestamente su afecto, yo sentía ese afecto en sus palabras, en su sonrisa, en su mirada inteligente. O al menos creía sentirlo, lo necesitaba para paliar mi soledad y mi falta de soledad, todo lo que me había sucedido desde que conocí a Julián y que me había arrastrado a esas noches, a esas personas, a ese peregrinar sin rumbo por las calles de los barrios viejos, a la bebida, al soliloquio.

Pero no me fue fácil esta vez incorporar a la rutina de mi vacío este nuevo encuentro, este nuevo escalón que no podía entender si subía o bajaba, ni hacia dónde lo hacía. Todo había comenzado con Julián, y en cierto modo seguía refiriéndose a él, pero ya fuera de él, implicando a otros seres humanos que me hacían más compleja su historia, seres humanos que yo había buscado para echar luz sobre mi amigo y sobre su breve y extraña existencia, y que habían agregado senderos ignotos al laberinto de mi alma, complejizando el recuerdo de Julián hasta lo inimaginable.

Más de una vez interrogaba a Laura de manera inquisitiva, tratando de arrancarle respuestas que ella era incapaz de dar, o tal vez no quería dar. Yo no lo podía saber, y en noches en que nuestros espíritus estaban muy cerca y yo alcanzaba a sentir que mi alma náufraga encontraba el asidero de su alma, como un puerto deseado, me parecía sentir que todas esas preguntas eran inútiles, que tenía las respuestas al alcance de mi mano, que yo mismo era la respuesta a todo; ni siquiera debía plantearle mis dudas. Pero otras veces me dejaba ganar por la desolación, y entonces Laura me hacía recostar en uno de los sillones de terciopelo, me acariciaba la frente y se ponía a tararear melodías en las que por momentos creía reconocer compases de músicas conocidas o soñadas. En esas noches Laura era también mi amiga, o mi amante, o mi hermana, todo lo que Julián había sentido que ella era para él, yo lo sentía, y entonces comprendía, llegaba a tocar el extremo de la verdad y a vislumbrar el fondo de las palabras de mi amigo.

La casa de Laura era en esas noches el único lugar posible.

Pero otras veces me vencía la desazón y regresaba al extravío de mis cavilaciones. Ya no lograba comprender, y mi mente se cerraba con una silente oscuridad que me devolvía como un puñetazo a las caminatas solitarias y a la bebida en el bar del ex boxeador. Pretendía poner orden en lo que me estaba sucediendo, pero por momentos el caos crecía en mí de manera tal que me parecía estar allí, en esas calles deshabitadas, o en esa mesita del bar, solamente porque en el fondo quería estar solo, quería beber o destruirme u olvidarme de todo lo que sin embargo recordaba permanentemente, sin pausa, como si mi mente no tuviera más ocupación y destino que ése: reconstruir sin solución de continuidad el enigma de Julián, de su muerte, de su supervivencia a través de personas que lo hacían aún más misterioso. Después de todo, a veces me preguntaba, qué quería aún rescatar de Julián, qué más pretendía saber de su vida y en todo caso, si hubiera sabido aún algo más, ¿de qué me habría servido? ¿Acaso no era mi propia vida el verdadero enigma? ¿No era el modo de sobrevivir, la manera de no desintegrarme, el paradigma que debía mantener unido en mi existencia? En esos momentos caía en la peligrosa vigilia que significaba para mí abrir los ojos contra las paredes de cemento, dejar el lápiz mordisqueado, respirar la humedad cerrada de una celda y esperar la próxima tortura.

Una de estas noches de desazón en que había perdido la cuenta del alcohol que había bebido en el bar del tajamar, volví a caminar por las calles de mi fantasía. Se arremolinaban en mi mente las imágenes de la casa de Julián, de la película que habíamos visto juntos sin saber yo que estábamos viéndola juntos; de su abuela y de la maderera abandonada, de Juan José y de la sala de espera del hospital; de Laura en el vano de la puerta o sobre el sillón de terciopelo colorado, de la prisión en el palacio policial y las manos ásperas de Riqui. Todo se volvía un magma ardiente que subía irrefrenable por mi garganta y estallaba dentro de mi cráneo con una implosión sorda y mortífera, y los pedazos de ese desastre se reacomodaban unos sobre otros, de manera irracional y fantástica, generando monstruos, híbridos surgidos de un delirio.

Caminé por las calles oscuras, bajo el cielo plúmbeo de la noche apagada, y no veía las casas ni presentía los imponentes ramajes de los árboles moviéndose en el viento helado del invierno. Sólo mi agrio dolor me movía, como una fuerza sobrenatural pero enferma, enferma de rabia, de amargura, de soledad. No podía pensar y sin embargo no conseguía aclarar mi mente, liberarla de la tempestad de imágenes, palabras, colores y olores que la asfixiaban y ejercían una presión insostenible contra mis sienes. Mareado y exhausto me senté en el suelo, en el cordón de cemento que delimita la calle de la acequia, y hundí mi cabeza en mis brazos cruzados sobre las rodillas.

No sé cuánto tiempo permanecí sentado allí, expuesto al frío nocturno y a los peligros de esa ciudad sitiada. Tal vez me dormí, o me desmayé sentado, sin moverme, porque perdí la conciencia del tiempo y el espacio, y naufragué en el deseado limbo sin confines donde todas las leyes del universo dejaban de cumplirse. ¿Estaba atravesando ese confín, el horizonte de los sucesos, después del cual las leyes de este universo dejan de cumplirse? ¿Había logrado realmente escapar de mi prisión y de las sesiones de tortura a través de mi reconstrucción obsesiva de esta historia? ¿Podría seguir transformando el techo plano de mi celda en el cielo sin estrellas de una ciudad sin nombre?

No me moví de ese sitio ni de mi posición hasta que una mano liviana pero firme me rozó la nuca. Levanté entonces la cabeza atormentada, atenazada por pinzas de acero al rojo vivo, y abriendo los ojos con el dolor de un condenado que mira por última vez la ventana de su celda y ese último cielo le quema las pupilas, vi a una mujer parada a mi lado. Una mujer oscura recortada en la oscuridad, oscura y firme delante de mí. Reconocí inmediatamente a Toribia Galarza.

—Señorcito no debiera estar aquí. Mal lugar es la calle para estar sentadito solo esperando quién sabe qué —me dijo mirándome con ojos más negros que la noche, pero brillantes, ojos de obsidiana.

—Usted qué sabe. Me la encuentro en todas partes, ¿por qué me sigue? —le pregunté con lástima por mí mismo, adelantando la lástima que mi persona deshecha debía inspirar, allí tirado en la calle, borracho y solo.

–Toribia sabe muchas cosas pero no habla de esas cosas. Consejitos sí puedo dar para aliviar un poquito su pena – dijo la mujer oscura con oscura voz en la oscura noche, de pie a mi lado como deben haber estado de pie impotentes los aztecas mirando cómo desmantelaban la majestuosa Tenochtitlán los impíos invasores, despeñando furiosamente a sus ídolos milenarios por las escaleras de los templos sagrados. Su falda amplia y densa imponía sus pliegues macizos al aire helado del invierno, y su cabello aceitado y luciente dividía con su raya la trenza enigmática de esa noche embriagada.

–Consejos no quiero ni me sirven –dije con voz tambaleante, agachando la cabeza como si tuviera vergüenza.

–Señorcito sufre mucho y no habla. Hablar debería para que le dejen de pegar –dijo la mujer desde su altura.

–¿Quién? ¿Quién me pega y por qué? –pregunté levantando esta vez la cabeza y apuntando mis ojos de sangre a sus ojos negros camuflados en la negrura.

–Gente mala le pega y sufre señorcito. Pero tiene que buscar adentro de su corazón, allí camino se dibuja para que usted salga.

Y entonces sucedió algo. Toribia, la mujer que me estaba hablando salida de la noche como una sombra más, sombra ésta con voz y un cuerpo, se agachó y se acercó a mí, vislumbré de cerca su cara arrugada y fuerte, sus ojos de piedra pulida y casi podía oler su trenza de seda. Mirándome fijamente me dijo:

–La única salida está adentro de usted, señorcito. Busque, busque y siga su propio camino. Otra salida no hay.

Me quedé mirándola yo también con la borrosa visión alcoholizada de mis ojos, sufriendo todos los dolores del mundo en mi cabeza y en mi cuerpo, incapaz de moverme y de dejar de ver cómo se alejaba, se alejaba por la calle inhabitada sobre la que los árboles imprimían sombras como manos de gigantes, moviéndose al empuje gélido de la noche, invierno en los árboles, en mi alma, en la soledad que se abatió sobre todas las cosas como un impiadoso puño de hierro.

Cuando algunas noches después regresé a casa de Laura, me detuve en el pórtico de la entrada, con sus arcos de medio punto y su suelo de baldosas rojas con mayólicas intercaladas, decoradas con motivos españoles. Levanté la vista y miré largamente el farolito de hierro negro. Algo como un fogonazo que me quemó las retinas pasó ante mis ojos, pero no pude distinguir formas ni palabras. El farolito me pareció por un instante el mismo que iluminaba la puerta de la casa de Julián. Esto era improbable, pero no imposible. ¿Cuántas fábricas de faroles había en esa ciudad? ¿Eran de la misma época las dos casas? Sin embargo mi embeleso, mi quemante embeleso, no se apoyaba en las posibilidades que la estadística podría dar a la repetición del farol, sino a algo que iba más allá, que se desplegaba por un campo más sutil, esotérico quizás, donde estas coincidencias tenían un significado y no eran meras casualidades. Un lugar donde el azar no existía, sino el signo, lo opuesto al caos, que sin embargo sería presuntuoso llamar destino, pero que compartía con éste la maravillosa tragedia de lo unívoco.

Laura abrió la puerta, vestida con su belleza madura y hermoseada por su serenidad y sin embargo vital, diría humana, profundamente humana. Me sonrió y enseguida me dio un beso que sentí cálido y protector, como si hubiera adivinado mi extravío y mi sufrimiento.

Pasamos por la sala de los muebles antiguos y no dejé de contemplar también esta vez el busto de mármol de la mujer con el extraño tocado. Me detuve ante ella y Laura volvió sobre sus pasos sonriendo amablemente. Ambos nos quedamos unos instantes en silencio mirando la escultura, y entonces Laura me tomó del brazo cariñosa pero con seguridad, como la primera vez que estuve en esa casa, y me condujo muy junto a ella hasta la salita de los sillones de terciopelo. Yo no sabía qué decir, si algo que dijera podría justificar mi desaparición y podría atenuar mi aspecto que seguramente denunciaba mis travesías nocturnas.

Ella se sentó frente a mí, sonriendo siempre, me miró a los ojos y sin necesidad de explicaciones me dijo:

–Necesitas tomar algo caliente. Te voy a dar uno de mis preparados mágicos. –Y diciendo esto se ponía de pie y se iba por la puerta que llevaba a la teoría de habitaciones unidas por una galería abierta, larga sobre un patio penumbroso lleno de macetones con helechos y buganvillas.

Muy pocos minutos después regresó con un plato sobre el cual se posaba un tazón sin asa, de porcelana azul, en el cual humeaba algo que podría haber sido un caldo de gallina o algún tipo de caldo casero muy sustancioso, a juzgar por su perfume, denso y aromático.

Me lo acercó con tal seguridad y firmeza que no tuve ocasión de oponer ninguna resistencia, si resistencia hubiera querido oponer a gesto tan protector. Después se sentó frente a mí, cruzó las piernas y arrellanada en una poltrona de terciopelo me preguntó:

–Entonces, ¿qué tal la visita a los otros mundos?

Casi sin levantar la vista de mi tazón, cuyo contenido había probado apenas casi quemándome los labios, y era verdaderamente exquisito, respondí en un murmullo:

–No muy bien.

–Existen muchos mundos, infinitas posibilidades, como infinitas son las posibilidades de contemplar el mismo objeto desde diferentes angulaciones. En cada una vamos a ver un aspecto nuevo de ese objeto; luego lo podemos observar con una lente, y vamos a descubrir detalles imperceptibles a simple vista, y después todavía lo podemos mirar con diferentes luces, y vamos a descubrir matices insospechados, nuevos reflejos. Pero debemos tratar de mantenernos en un mundo, en el que estamos de pie, con los ojos bien abiertos. Es nuestra cárcel, en un cierto sentido, pero es lo que nos ha tocado vivir, y tenemos que vivirlo hasta el final. Los escapes son provisorios, temporarios, y en un cierto modo no dejan de ser artificiales. Es cierto que los demás mundos existen, pero son ficticios en la medida en que es éste, éste de aquí y ahora, el que nos enseña. Por eso estamos en él, y no podemos ni debemos renunciar.

–¿Hay alguno de esos mundos en donde esté Julián? –pregunté otra vez sin mirar a Laura, con el tazón en las manos y esta vez con los ojos dirigidos al suelo, al lustroso suelo dibujado de baldosas.

–Por supuesto. Está incluso aquí. Está en ti, porque en ti no ha muerto, ¿no es así?

–Entonces quiero ir adonde esté. Quiero verlo.

–No están en la misma dimensión, y cuando salimos de una dimensión para entrar en otra perdemos la forma que teníamos en la anterior, no necesitamos el cuerpo, la apariencia. Y lo que tu quieres ver es una apariencia.

–Quiero verlo a él –insistí, esta vez levantando más los ojos hacia ella.

Laura sonrió como para sí misma, con una sonrisa nueva, melancólica, pequeña, apenas dibujada y sin embargo firme, decidida, se diría que con vida propia, aunque había arrastrado consigo a los grandes ojos marrones. Ella sí sonreía con los ojos, no como Julián, sino con toda su expresión. En esos momentos se veía tan madura como lo era, con la piel finísima en multitud de casi imperceptibles líneas, como a punto de dejar traslucir un interior luminoso. El cabello bien peinado y lustroso la seguía con fatigada docilidad, sujeto con imperceptibles pinzas sobre las sienes.

–Te comprendo– dijo. La apariencia es lo que más extrañamos, o que más nos parece extrañar. Porque estamos hechos así, de esta materia, y en esta materia vivimos y con ella amamos y nos relacionamos con los demás. Nos resulta muy difícil recordar a alguien sin rostro, sin voz, sin lo que era su cuerpo –dijo y calló un instante. Yo me atreví a mirarla de manera más plena y ahora fue ella la que inclinó suavemente la cabeza hacia abajo y perdió la mirada de sus grandes ojos en los senderos que se dibujaban entre las cajitas de metal de la mesa baja que estaba entre los dos.

–La melancolía –agregó y se volvió a detener, como si sintiera lo que estaba hablando, como si en esos momentos la palabra melancolía se encarnase en ella misma. –La melancolía por alguien es la melancolía por su presencia física. Nos confundimos, y es lícito, porque hemos conocido y amado un rostro, una voz, unas manos, un cuerpo. Estamos hechos de la misma materia que amamos y extrañamos, y con esa materia nos relacionamos incluso antes de que nuestra alma pueda comunicarse con la otra persona. Ésa es la melancolía: la ausencia de la imagen, y de la materia. Pero hay más que eso, y ese más trasciende lo palpable. Es muy difícil llegar a ese conocimiento, más difícil realizarlo que comprenderlo.

–¿Entonces no hay manera de que lo pueda volver a ver? –insistí, consciente de mi obstinación.

Laura volvió a sonreír.

–Sí, pero como todo lo que vemos, sería sólo un simulacro. Que podamos tocar a una persona ya es una ilusión, dadas la inconsistencia de lo que llamamos materia. Pero así estamos hechos...

Consideré esta última afirmación como una promesa, absurdamente sentí un alivio que rápidamente se volvió físico. Terminé el contenido del tazón y lo dejé en la mesita delante de mí. Me apoyé en el respaldo de terciopelo y noté que Laura había quedado sumida ahora ella en un silencio triste, su mirada extraviada quién sabe dónde y su cuerpo presente pero vacío. Yo también permanecí un momento en silencio, momento en que recordé el farolito del pórtico, y al superponerlo al farol de la puerta de la casa de Julián, en aquel pasillo descascarado del barrio viejo, me ganó tal vértigo que me obligó a cerrar los ojos, como si un fulgor enceguecedor me hubiera quemado íntegramente en un instante, mezclando las imágenes, los recuerdos de Julián y su casa, con esos recuerdos nuevos, los de Laura y su casa, y ese farol absurdo y la absurda convicción de que se tratase del mismo farol. Abrí los ojos, parpadeé. Laura me estaba mirando.

–¿Te sientes bien? –me preguntó.

– Sí, muy bien, no te preocupes. Entonces, ¿qué me dices? ¿Lo puedo ver?

Laura parpadeó ahora a su vez, y después esbozó nuevamente esa sonrisa melancólica que le había visto poco antes.

–Si tanto quieres hacerlo, pero te repito, será sólo un simulacro, y después... Después puede ser que te sientas todavía peor. Las apariencias nos acostumbran a ellas, y a veces podemos llegar a creer que no podemos vivir si no las tenemos permanentemente a nuestro lado, a nuestro alcance –me dijo en tono dulce, mirándome y acercándose a mí desde su poltrona de terciopelo.

–Lo sé. Lo entiendo. Pero es que lo necesito. No sé, es muy importante para mí –dije un poco sin saber qué decir, obnubilado por la posibilidad de volver a ver a Julián, aunque fuera un simulacro, como afirmaba Laura, o una imagen, o un fantasma, o lo que fuere.

–Yo misma te lo voy a hacer saber cuando llegue el momento. Hay que prepararse. Por ahora, hablemos de otra cosa –dijo entonces, y se arrellanó nuevamente en su poltrona, sin duda dispuesta a no volver a mencionar el tema en toda la noche.

Fue poco tiempo después que sucedió lo del Mandinga.

Estaba caminando y mientras caminaba por el pasillo acerado de la ciudad en sombras, intentaba decidir si me dirigiría a casa de Juan José o de Laura.

Me sentía extraño a mí mismo, quería estar solo y a la vez temía seguir estando solo. La soledad, que era mi estado habitual, esa noche se me aparecía amenazante, pero a su vez tentadora, o insoslayable. Como una elección que no era tal, sino que era una condena ya aceptada, y en cierto modo, amada a fuerza de costumbre. De ese modo proseguía mi marcha bajo un cielo despojado, plúmbeo, con trizaduras como grietas en su llana uniformidad; silente. La ciudad callaba y esperaba a que yo eligiera, y únicamente mis pasos se acompañaban unos con otros en un compás que semejaba al de un metrónomo de la desolación.

Sin darme cuenta o tal vez sí, dándome mucha cuenta de lo que hacía, me dirigí hacia el bar del boxeador, en dirección totalmente opuesta a las casas de mis dos amigos. Quizás beber me haría bien. Al menos me haría menos mal que ese estado de ebriedad vacía. Me senté a una mesita sobre el entablado sucio de grasa en el cual dos perros deshilachados y bondadosos, como todos los perros sin dueño, acostaban sus esqueletos tapizados malamente de pelos sucios y desparejos, en espera de que algún cliente les dejara caer un pedazo de pan o con muchísima suerte un fragmento infinitesimal de la carne que rellenaba los famosos sándwiches que se cocinaban perpetuamente en la parrilla del interior.

El frío atenazaba seres y cosas con filo implacable, y un silencio roto por la esporádica marcha de algún automóvil sobre la avenida principal era mi compañía. Único cliente sentado a la intemperie congelada, veía las caras de los que estaban adentro, asomados a los cristales pegajosos de las puertas de madera que hacían las veces de paredes, mirándome como se mira a un pez exótico en un acuario, preguntándose tal vez qué me hacía elegir el frío de la noche a la atmósfera amarillenta y humosa del interior, rescaldado por la parrilla y perfumado por la carne siempre crepitante y mucha, como si se esperara que las huestes de Agamenón llegaran de un momento a otro a abastecerse antes del definitivo ataque contra Troya.

Me miraban y no podía dejar de ver sus caras anodinas y faltas de toda traza humana, animales desnaturalizados y mudos vistos desde la atalaya de mi mesita de fórmica, peces ellos deformes tras los cristales manchados de moscas y manos, peces agonizantes en un mundo sin aire.

Iba por mi enésimo vaso cuando me puse a observar el vaso mismo: lo miré fijamente, con la fijeza de un microscopio. Lo hice girar en mi mano y después lo apoyé en la mesa de fórmica. Lo examiné nuevamente y lo volví a dejar frente a mí como si se tratara de un objeto venenoso, altamente nocivo. No cabía duda, era el mismo vaso que acompañaba a Julia junto a las acuarelas sobre la mesa de madera de la cocina iluminada por una luz escuálida, allá en la casa de Julián. Era el mismo vaso, estaba seguro. Lo estudié concienzudamente y lo tomé por enésima vez entre mis manos, lo giré, lo di vuelta y leí las letras en relieve inscriptas debajo, desgastadas por el uso y la opacidad del vidrio en el que habían corrido diez océanos de vino: *industria argentina*. Cerré los ojos mareado por mi descubrimiento y dudando ya de mí mismo. ¿Cuánto había bebido? ¿Tenía delirios? Abrí los ojos y miré de nuevo el vaso: sí, era el vaso de Julia. Con esta absurda convicción cerré los ojos nuevamente y me apoyé en el respaldo de la silla de hierro y bratina. En ese instante de pavor, cuando respiraba hondo para serenarme y no precipitar en algún abismo cavado por mí mismo adentro de mí mismo, que devorase la realidad circundante, una mano se apoyó con dureza en mi hombro y me obligó a abrir los ojos.

La mano firme que me tocaba me arrancó tan brutalmente de mi ensoñación que di vuelta la cabeza bruscamente y casi me caigo de la silla. Era un hombre de cabello rubio apagado, largo, y tenía dos ojos verdes tan claros que parecían la fotografía de sus propios ojos, ojos de cristal de Murano, que me apuntaron directamente sin piedad mientras me decía, al tiempo que se sentaba a mi mesa:

–No puedes seguir perdiendo tiempo. Tienes que ver las cosas por ti mismo.

Me quedé mirándolo un instante sin decir una palabra. Tenía un rostro bello pero tan duro que se hubiera dicho esculpido en piedra, y a pesar de no ser demasiado alto, su cuerpo conservaba una cierta cordialidad en su maciza estructura.

–Vamos –me dijo. –Ya sé que estás por emprender un viaje. Pero antes tienes que ver lo que no has visto.

–¿Vamos adónde? –pregunté, sin dudar un instante de que no se equivocaba de persona, convencido de que no estaba lo suficientemente borracho como para imaginarme lo que estaba sucediendo.

–No es necesario ir muy lejos. Están en todas partes.

Con una reacción que hubiera sido más apropiada para una nueva amistad que para ese abordaje inusitado y esa invitación a la que no podía negarme, pregunté:

–¿Cómo te llamas?

–Me dicen Mandinga –respondió casi únicamente con los ojos fosforescentes, verdes y penetrantes, traspasados de una cierta malignidad que malignidad no era sino conocimiento de algo que a mí me faltaba, pero que quizás esa noche podría adquirir. Ojos de vidrio helado y sin embargo vivos, consumiéndose en una pasión que humana no era, consumiéndose allá atrás, atrás de las pupilas clarísimas donde una fragua de cristales cumplía su inevitable proceso alquímico. Y descontando mi respuesta y mi compañía, se levantó de la mesa llevando consigo su cuerpo denso.

Cuando caminábamos uno junto al otro por las calles desoladas que se dirigían al norte, a confines nunca frecuentados por mis paseos nocturnos, Mandinga me dijo, con la seguridad dura y neta con que hablaba:

–Deja de lado las preguntas por ahora. Vas a tener otras mucho más importantes dentro de muy poco.

Caminamos algunas cuadras en dirección al norte, cruzando el canal que dividía la ciudad del distrito vecino, mucho más pobre y desvencijado, como si más pobre y desvencijada pudiera ser otra parte de la ciudad que aquélla que yo frecuentaba con mis pasos gastados y recurrentes. Caminamos y Mandinga no hablaba, las manos cortas y sólidas a los costados del cuerpo, como preparadas para dar un puñetazo, inconscientes del frío que me hacía hundirme dentro de mi campera como el único refugio conocido en esa noche sin estrellas en que todo parecía dirigirse a un rumbo predeterminado.

Cruzamos la avenida en un punto más allá de los límites de mi mundo, y Mandinga miraba a todos lados con sus ojos de linterna, agudísimos y desprovistos de dulzura.

Llegamos a una casa enfundada en una cuadra sombría, enmascarada entre otras tantas casas similares aunque en cierto modo diferentes. Era una casa angosta, alta y blanca, con una sola ventana a la calle y una puerta directamente sobre la vereda de baldosas acanaladas. La ventana estaba cerrada y no traslucía desde adentro la menor claridad. Mandinga golpeó la puerta de manera muy extraña, con golpes espaciados y que se me antojaron cifrados, como si repitiera una suerte de código. Esperamos, pero mi compañero no pareció inquietarse por esa demora. Sólo miraba hacia la continuación de la calle, enterrada en las sombras más densas, y alternativamente hacia la avenida desde donde habíamos llegado, iluminada y muerta bajo el cielo liso de la noche. Tras algunos minutos de espera y de silencio, volvió a tocar la puerta con el mismo compás cifrado que había utilizado anteriormente. Poco después, la puerta se abrió, la abrió un fantasma, o una sombra, porque en el vano no apareció más que la oscuridad, a la que entramos primero yo, dirigido por la mano inequívoca de mi acompañante, y luego él, el hombre de los ojos fríos.

Una vez adentro la sombra no cedía, y Mandinga me tomó sin ninguna suavidad del brazo y me condujo a través de aposentos despoblados o poblados por las mismas sombras que conformaban toda esa casa, y a mi parecer nos adentrábamos cada vez más en un dédalo de habitaciones comunicadas que nos alejaban de la calle y que no parecían tener final.

Pero en una de ellas nos detuvimos. O me detuvo la mano de hierro de mi guía. En este sitio había una tenue claridad, o quizás debería decir que no era claridad, sino un cedimiento de la sombra, que se había transmutado en penumbra, en una atmósfera arenosa y semitranslúcida en la cual me pareció distinguir a otras personas, a varias personas sentadas formando un semicírculo alrededor de algo que yo no podía ver. Mandinga me dirigió –y no es un modo de decir, me tomó nuevamente de un brazo– a una silla, en la cual me senté y me uní de ese modo al grupo de sombras humanas que poblaban esa masa casi informe de seres y cosas. Mi anfitrión se mantuvo de pie y cuando pude enfocar la mirada, acostumbrada ya a esa luz difusa, vi que estaba frente a un pizarrón, que no era un pizarrón sino que parecía más bien un mapa casero, dibujado con gruesos trazos sobre una madera colgada en la pared.

Mandinga señaló un punto tras otro en el plano apenas visible mientras iba diciendo:

–Éste, éste y éste son los centros de detención clandestina alrededor de la ciudad. En las afueras están éste, éste y este otro –y señalaba con rapidez, como si los espectadores de esa oscura comitiva ya supieran de lo que estaba hablando, e incluso tuvieran conocimiento de los sitios que iba marcando en el mapa, en el plano, o en lo que fuera que colgaba de la pared.

–Conocemos los lugares, pero tal vez haya más. Muchos de nosotros podemos morir allí. A otros los llevarán afuera. La Argentina está llena de campos de concentración y de cementerios camuflados. Lo importante es no hablar.

Dijo esto y se quedó mirando al auditorio, como si ya hubiera individualizado al dueño de una voz gravísima que desde la profunda oscuridad se coló por entre los demás y llegó hasta Mandinga:

–¿Qué podemos hacer? Nuestros hijos y nuestros amigos han desaparecido. Nosotros vivimos escondiéndonos.

–La represión va a terminar pronto, pero no podemos bajar la guardia. Seguiremos así hasta que acabe de derrumbarse la dictadura –respondió con dureza Mandinga.

–¿La dictadura se derrumba?

En ese momento y como si la pregunta que venía desde la sombra hubiese sido su disparador, vi los ojos de Mandinga relampaguear como deben haber relampagueado los ojos de Zeus Tonante en el Olimpo antes de lanzar sobre los mortales sus rayos destructores. Eran verdes y yo lo sabía aunque no podía distinguir colores en esa penumbra, pero sí pude ver el brillo letal de sus pupilas encendidas como ascuas en el rostro tremendo, petrificado.

—La dictadura se derrumba y ni siquiera tenemos que mover un dedo —dijo con rabia, no contra la persona que había formulado esa pregunta, sino contra algo invisible, tal vez la dictadura misma, fantasma impalpable en esa reunión de fantasmas. Pronunció esta aseveración y enderezó el torso, alzó la cabeza que había apuntado hacia delante como el cóndor apunta su cabeza mortal al divisar en la tierra su alimento desde las alturas del cielo, y mucho más sereno dijo:

—Hay que aguantar todavía. Falta muy poco, los hechos se precipitan, la situación es insostenible, y sería un milagro que en sus manotazos de ahogado la dictadura no arrastre al país a un desastre todavía más colosal.

—¿Qué significa eso? —murmuró otra voz desde la oscuridad, una voz que hubiera sido de una mujer si hubiese tenido un cuerpo visible, o tangible.

—Significa que están cayendo, y que van a hacer uso de lo que sea para perpetuarse. Algo que despierte el apoyo de todo el país.

—¿Todavía existe esa posibilidad? —regresó la voz.

Y la voz y los ojos del Mandinga respondieron juntos:

—Existe más que nunca. El país está desesperado, en cuerpo y alma. Y ellos lo saben. Por eso pueden echar mano de un arma que ninguno de nosotros sería capaz de enfrentar. Un arma que les permita reunir las fuerzas en torno a ellos mismos. Van a hacer lo que nunca hicieron: van a buscar un enemigo afuera. Ya lo están haciendo. Si lo consiguen, se multiplicarán las muertes y vamos a caer en un verdadero abismo. Pero todo eso tal vez sea necesario para precipitar el fin de la dictadura.

Hubo una suerte de estremecimiento general en la audiencia invisible, un temblor que no llegaba a convertirse en murmullo. Las sombras humanas movieron a las sombras del silencio, y éste gimió débilmente como debe gemir un bebé abandonado en la acequia de la noche.

Poco después las sombras empezaron a moverse, a levantarse de sus asientos y a marcharse por puertas que yo no lograba ver, y que sin duda se encontrarían detrás, o a los costados, en las paredes camufladas por la oscuridad.

Mandinga se quedó de pie en su lugar, y miraba el movimiento del auditorio de fantasmas con una expresión indescifrable. Poco después se acercó a mí, que permanecía sentado en la silla donde él mismo me había conducido, y me dijo:

–Vamos. No podemos permanecer reunidos mucho tiempo. Es peligroso.

Lo seguí también esta vez sumiso y sin palabras, como un aspirante a la iniciación que no comprende pero que debe aceptar los ritos herméticos que lo llevarán al conocimiento. Salimos de la casa y regresamos a la avenida principal sin hablar, dando un rodeo por cuadras de casas pobres y desparejas, siempre en calles solitarias y mudas, como ojos abiertos debajo del agua. Llegamos nuevamente al bar donde Mandinga me había abordado. Me detuve creyendo que debíamos terminar en el mismo sitio en que habíamos comenzado, y porque allí tal vez yo pudiera hablar, preguntar, salido del ámbito sagrado y enigmático de esa suerte de congregación de sombras donde habíamos estado poco antes.

Mandinga, sin embargo, no hizo ningún gesto como para detenerse, y prosiguió su camino con la seguridad y el aplomo de quien pisa la tierra que le ha sido designada, y de la cual es legítimo heredero. Observé que llevaba el cabello rubio atado detrás de la nuca, y que su piel estaba oscurecida por el sol, por eso sus ojos se veían tan resplandecientes en la cara firme, masculina, donde la boca pequeña se dibujaba casi con un dejo de cinismo.

Seguí caminando a su lado, en silencio al principio pero decidido a hablar, una vez traspuestos los límites del mundo conocido, aquél en el cual mis pasos eran familiares. Caminamos hacia el corazón de los barrios viejos, y al atravesar una calle en la cual las luces que vertían los faroles públicos sobre las copas de los árboles dibujaba en el pavimento un mosaico movible, pero neto y simétrico, le pregunté:

–¿Por qué me llevaste allí? ¿De dónde me conoces?

Siguió caminando pero me miró casi con rabia, con su expresión dura, y tras unos instantes me respondió:

–Sabemos muy bien quién eres, de otra manera nunca te hubiera hablado. Julián nos dijo todo.

No me extrañó que el fantasma de mi amigo estuviera detrás de todo ese extraño episodio, como estaba detrás de toda mi vida, de cada paso, de cada palabra y de cada silencio, desde que lo conocí y tal vez mucho más aún desde su propia muerte.

Caminamos otro trecho en silencio, yo mirando el suelo regado de hojas en proceso de deshacerse y volverse polvillo de oro, cobre y tierra, y mi compañero con la mirada verde y aguda atenta, dirigida hacia delante y hacia todas partes, como si desde cualquier ángulo de la noche sin estrellas pudiera surgir un enemigo y saltarnos encima. Yo no llevaba la cuenta de las calles que habíamos atravesado ni de la cantidad de cuadras que ya llevábamos andadas, pero cuando volvimos a desembocar en la avenida principal, mucho más hacia el sur de donde la habíamos dejado, comprendí que debíamos haber hecho numerosos rodeos y zigzags para estar donde nos encontrábamos.

Mandinga, con su paso seguro, atravesó la avenida y yo a su lado, callado y ni siquiera rabioso. En cuanto se detuvo me di cuenta de que estábamos frente al portón herrumbrado de la maderera Pasco, allí donde habíamos hecho esa incursión nocturna con Julián. Mi acompañante me miró otra vez a los ojos sin sombra de duda en el rayo verde de sus pupilas, y me dijo:

–Ya sabes. Si te necesitamos te vamos a ir a buscar.

Abrió la pequeña puerta de metal con destreza y estaba introduciéndose a través de ella en la oscuridad de la maderera abandonada, pero esta vez fui yo quien con una mano firme le tomé el brazo y lo detuve.

–Espera. ¿Qué tiene que ver Julián con todo esto?

–¿Qué quieres saber? –me dijo apuntándome los ojos de saetas verdes en los que parecía concentrarse toda la ira humana.

–Algo, todo. Julián se suicidó y ahora yo me encuentro un montón de cosas, de personas… –dije de manera atropellada, dándome cuenta de que en realidad no tenía formulada en mi mente la pregunta que quería hacerle, o eran tantas las incógnitas que no lograban ordenarse y sintetizarse en una pregunta sola.

–No puedo quedarme aquí expuesto. Tengo que entrar –me dijo Mandinga inclinándose de nuevo para pasar por la puerta baja. Y antes de desaparecer engullido por la oscuridad, volvió su rostro de estatua y me dijo: –Julián no se suicidó. Lo mataron.

Con la suave pero neta ligereza de un puma entró en la negra sombra líquida del interior, antes de que esa misma sombra líquida derramara su miasma por la vereda. Cerró la puerta tras de sí y no quedó de él nada, ni siquiera el resplandor de su mirada ni la fuerza descomunal de su presencia.

Me quedé unos minutos parado frente al portón. Minutos largos como larga era la oscuridad acechante de esa extraña noche. Tenía la cabeza llena de preguntas y el corazón rebasado de tristeza. Hubiera querido en ese mismo instante que Juan José o Laura estuvieran a mi lado y me explicasen todo aquello, que me dieran alguna respuesta a tanta absurda incógnita. Mandinga había conocido a Julián; Julián le había hablado de mí; Mandinga estaba en algún tipo de movimiento de resistencia, por lo tanto tal vez Julián mismo lo estaba. Por lo tanto Mandinga me había buscado para implicarme en ese grupo, al cual sin embargo ni siquiera había visto a la cara. Y ahora Mandinga no sólo decía que Julián había sido asesinado, sino que también se refugiaba junto a quién sabe quiénes más en la maderera abandonada adonde mi amigo me había llevado una noche en busca de los fantasmas de sus abuelos, que en cambio debían ser sus bisabuelos, en esa trama caótica y delirante que era toda la historia de Julián, y que quizás era su manera de revelar la verdad.

Me alejé caminando muy despacio, mirando siempre el suelo como quien busca algo que se le ha perdido y rehace infinitas veces un camino escudriñando cada baldosa para tratar de encontrarlo. Yo no encontraba el hilo de Ariadna que me condujese a la salida de aquel laberinto, porque en mi historia no había Ariadna, ni yo había tomado ningún hilo protector al penetrar en mi caos.

Hice lo único que mi mente y mi cuerpo podían concebir en esos momentos: regresar al bar del boxeador a beber. Caminé sin mirar las calles ni las casas a mi alrededor, hasta que llegué a mi meta y me senté a la mesita habitual, o a otra idéntica en ese lugar de pobrezas idénticas, sobre el entablado sucio que cubría el canal, junto a la pobre avenida devastada de olvidos y descascarada en el tiempo y transitada solamente por los perros flacos, esqueletos cuadrúpedos que se arrimaban ellos también al bar en busca de alguna migaja de supervivencia.

Bebía y esperaba que el alcohol supliera en mí las respuestas, o que las inventara, o nublara al menos mi entendimiento de manera tal que la angustia se aplacase lo suficiente como para permitirme respirar.

Junto a mí, diseminadas, las demás mesitas de fórmica parecían los restos de un terremoto devastador que hubiera destruido al mundo, y fuera contemplado por las caras anodinas que se asomaban a los cristales del bar, y desde allá adentro, desde esa atmósfera densa de humo y neón, evaluasen indiferentes los daños y las muertes del desastre. Caras como moluscos encerrados en sí mismos, con los ojos salientes y las bocas movedizas intentando respirar, preguntándose cuál es la diferencia entre el adentro y el afuera; arrepentidas de permanecer entre el humo tóxico de ese interior y agradecidas por estar fuera del frío de la noche sin astros de esa ciudad terrible, al alcance de la mano impiadosa de un destino común.

Pero no estaba solo. Otro habitante del frío había preferido la intemperie a la seguridad humosa del interior. Era el hombre de las drogas, el Perro Verde que me había señalado Julián una noche, sentado como yo frente a la oscuridad, y en la oscuridad aferrado a una botella.

No lo pensé. Me levanté de mi silla y en dos pasos de arena estuve junto a él.

—¿Puedo sentarme? —le pregunté mirando su cara de porcelana en la cual dos ojos redondos y hermosos de mirada abisal denunciaban con un parpadeo anacrónico su poca capacidad de ver el mundo.

Me observó sin embargo con la mirada fija y seductora de los miopes y tras un estudio de mi persona, o de lo que alcanzaba a ver de ella, sonrió y me dijo:

—Claro.

—Necesito algo —le dije directamente, acercando un poco el busto y la cara hacia él, como si yo fuera el miope o como si tratase de ayudarlo a verme mejor, para demostrarle de alguna manera que no era un soplón ni un policía encubierto, y solamente quería comprarle droga. Inmediatamente me di cuenta de que era una persona que no tenía miedo, y que si veía poco, de alguna manera veía mejor que yo, porque volvió a sonreír y volvió a decir:

—Claro.

Y acto seguido introdujo una mano blanca y aterciopelada en el bolsillo interno de su campera y sacó un sobrecito que apoyó tranquilamente sobre la fórmica marrón de la mesa, junto a su botella de cerveza negra.

–No quiero coca –le dije apenas vi el sobre. –Quiero algo más fuerte. ¿Me entiendes?

El Perro Verde sonrió por tercera vez y por tercera vez dijo:

–Claro –mientras guardaba el sobrecito en el bolsillo interior de donde lo había tomado, y con la misma mano rebuscó adentro de la campera hasta que sacó algo muy pequeño, de color azul. Era una pastilla redonda, y la depositó sobre la fórmica marrón como antes había hecho con el sobrecito. La miré y se me llenaron los ojos de azul, toda la mesa se redujo a ese círculo brillante y a su vez se expandió como un cielo convexo y prometedor.

–Es de lo mejor, efecto garantizado, larga duración y vida fantástica –dijo ahora el Perro Verde, demostrando que poseía más repertorio en su vocabulario y que era capaz de realizar síntesis de significados verdaderamente muy ilustrativas.

Tomé la pastilla en la mano y pronunciando entre dientes un ridículo *permiso* me la puse en la boca y me tomé todo el contenido del vaso lleno de cerveza que estaba frente al Perro Verde.

Me miró con sus ojos redondos de mirada corta, bellos y mansos, y volvió a sonreír. Vi que tenía ese tipo de boca sensual acostumbrada a mofarse. Pero esta vez no dijo *claro*. Mantuvo el silencio mientras era mi turno de buscar en el bolsillo interno de mi campera de donde saqué dos billetes. Los puse sobre la mesa y pregunté un poco avergonzado de mi intempestivo gesto:

–¿Alcanza?

El Perro Verde tomó los billetes y se los guardó en el bolsillo más rápidamente de lo que había hecho al sacar su mercadería, como si el dinero fuera la verdadera droga que había que ocultar.

–Claro –dijo por cuarta vez. –Semana de ofertas.

Y se volvió a servir cerveza. Me acordé de lo que había comentado Julián, y al pagar mi cuenta pagué también la suya, dejándole otra botella también pagada como gesto de caballerosidad o como agradecimiento por haberme dado un pasaje hacia otro mundo.

Empecé a caminar hacia el sur, y sin saber por qué, supe que estaba regresando a la maderera abandonada, como si algo me dijera que debía avanzar hacia allí, cuando en realidad igual hubiera sido cualquier dirección.

No miraba las calles grises ni la noche lisa y gris ni las fachadas grises y cerradas porque todo se estaba volviendo cada vez más gris y uniforme, como ese cielo recto y bruñido. Una angustia creciente empezó a apretarme la garganta y por un momento pensé que la pastilla azul me estaba haciendo el efecto contrario al que yo esperaba, temía que me enviara de regreso a mi celda de cemento, pero no alcancé a consolidar este pensamiento porque la energía de mis piernas me llevaba cada vez más velozmente hacia mi destino, aunque yo parecía no darme cuenta de mi propio impulso, como si las piernas fueran independientes del resto de mi cuerpo, especialmente de mi mente, que iba registrando las imágenes en cámara cada vez más lenta, quitando todo contraste y unificando acera con acequia y troncos de árboles en una sucesión irreal y sin embargo convincente de bloques de metal y cemento tan grises como el cielo, el suelo, mi alma.

No sé en cuánto tiempo, pero me pareció un minuto, ya me encontraba frente a la maderera, que también había entrado en el nuevo juego perverso de mi mente y presentaba una fachada de acero pulido, gris y uniforme, y el portón oxidado y cubierto de hiedras se me mostraba como la entrada de un laboratorio futurista, impecable y siniestro en su frialdad. Quise recorrer en dos zancadas, aprovechando que mi paso semejaba al de las botas de las siete leguas, el espacio que me quedaba para alcanzar ese portón. No sabía por qué, sólo sabía que debía entrar allí, aunque dentro de mí algo se negase y me dijese que era perfectamente inútil, y que nada allí adentro podía darme una respuesta.

Di dos pasos aéreos para llegar a mi objetivo, pero el segundo no encontró suelo para apoyarse y me derrumbé dolorosamente dentro de la acequia frente al portón de la maderera y junto al puente de cemento. Era un canal medianamente profundo y bastante estrecho, lleno de hojas y suciedad, bajo la cual el agua helada corría como un río subterráneo y secreto. Me golpeé la cabeza y las piernas, y rápidamente sentí cómo el dolor se irradiaba en ondas circulares hacia el resto de mi cuerpo, mientras el agua helada empezaba a penetrar por debajo de la campera, y mojaba mi espalda y proseguía por entre los pantalones hasta encontrar un cauce en cada una de las piernas y llenarme la pelvis de un congelado estertor. Cerré los ojos y los colores implosionaron en mi mente, como si hubieran permanecido allí escondidos en espera de la protección de los párpados para abalanzarse sobre mi cerebro como un magma ardiente y sagrado. El dolor era muy grande y quise tocarme la cabeza para comprobar si tenía sangre, pero cuando quise moverlos, los brazos no me respondieron, como si estuvieran atados permanecían en sus posiciones que yo suponía a los costados de mi cuerpo, el cual seguía hundiéndose en el lecho de hojas ya inundadas y submarinas. Comprendí que cualquier movimiento agudizaba los ya insoportables dolores y me hubiera resignado a quedarme allí en espera de quién sabe qué si no fuera porque el agua helada me estaba provocando una quemadura casi mayor que el fragor de los golpes. Intenté incorporarme y fue entonces que la catarata de colores se precipitó delante de mí como si todos los fuegos artificiales del mundo hubieran sido detonados en ese instante sólo para mis ojos, o para mi mente, porque no lograba discernir si tenía los párpados abiertos o cerrados, si los colores crepitaban ante mí o dentro de mí mismo.

Los colores eran tan luminosos y ardientes que acallaron los dolores por un instante, y todo fue silencio. En ese arco iris casi tangible que se derramaba frente a mí me propuse nuevamente incorporarme, pero renunciaba otra vez cuando un ruido de automóvil me detuvo. Escuché con los oídos y con la piel las ruedas sobre el asfalto y sin saber por qué recordé el chirrido de otras ruedas, aquéllas que habíamos sentido con Julián la noche en que salíamos de la maderera por la puerta posterior. Un miedo animal recorrió todo mi cuerpo como un toque eléctrico, y me arrastré hacia atrás, ya totalmente acostado dentro de la acequia, hasta el puente. Me arrastré y me introduje debajo, en esa sombra desconocida pero más confiable que la sombra de la noche allá afuera, sobre la calle donde chirriaban gomas de autos que podían ser verdes, y que podían significar algo mucho peor que la acequia y el agua helada.

Como pude, lastimosamente, seguí arrastrándome hacia atrás, ayudándome con los brazos que apenas podía mover en la estrechez de la acequia, y con las piernas magulladas, hasta que quedé totalmente debajo del puente, entre la hojarasca y la basura que tal vez hervía de ratas y otras alimañas. No quería imaginarlas, pero apenas cerraba los ojos, o creía cerrarlos, reptaban a mi alrededor teñidas de todos los colores que habían bebido de la cascada detrás de mis párpados, e iluminaban minúsculas sus caminos por las paredes de ese hueco infecto, sobre el agua ocupada por mi cuerpo, entre las hojas secas y mojadas, rotas y muertas, en espera de una señal para devorarme. Abrían sus fauces dentadas y restallaban los colores punzantes en los colmillos afilados, destilando veneno de música, música que repetía como un latigazo el dolor de las mordeduras y la ponzoña que circulaba por mi piel y mis venas estallando en la oscuridad y el filo de los violines como navajas cortajeando mi pelvis, mis testículos, mis costillas y repitiendo sin cesar *un pensiero nemico di pace* y la voz de la soprano incidiendo en la carne abierta ¿no te das cuenta de que es una mezzo? Julián que me dice y me mira con los ojos de almendras amargas y los violines de Händel prosiguen como sierras sobre mis tendones expuestos y la voz, la voz es de una mezzo, ¿no te das cuenta? Escucha la oscuridad de su voz, la oscuridad que repta hiende y rasga y lastima y regresa y se arrastra por aquí, debajo del puente en esta acequia infestada de alimañas y qué es eso sino los ojos de la araña Ojos no son sino veneno, veneno que se derrama suave suave *fece il tempo volubile, edace*, sigue cantando como en una escala cada vez más aguda Sí lo sé, pero la obra, Händel lo podría cantar una soprano Y a ti qué te importa Julián bueno no te enojes, porque *per negar si rigido impero/ ond'il Tempo più Tempo non é* El tiempo no existe Escuchame te lo estoy diciendo No sangres cierra esa boca y cuida más los dientes o también eso vas a perder no ves que estás perdiendo los testículos y ya escroto no tienes de tan quemado ¿Cómo quemado con el agua helada que me circula por todo? ¿Todo qué? Cuerpo no tienes más y basta que el pensamiento no debe ser enemigo de la paz ¿Paz? ¿Paz? Sí, la paz de los sepulcros dice ese alacrán que me contempla con la cola alzada y el aguijón preparado para inyectar en mí todos los colores del universo este universo de debajo del puente ¿Qué tomaste? Una pastilla azul ¿Azul? ¿No te das cuenta de que cielo no hay? ¿Qué ves azul? *Fece il tempo volubile* Tiempo Tiempo Es necesario manejar el tiempo para que sufrir más no deba Sí Si puedo detener acelerar pulverizar el tiempo el tiempo del dolor no es sino del final Ya llega Ya llega Pero no te das cuenta No te das cuenta Julián que es mezzo soprano Qué estás escuchando Ah su voz emprende y escala *un pensiero nemico di pace* y a todos los enemigos de la paz Quieres pensar, quieres pensar desgraciado pensar vas a poder en esta llaga que el alacrán abre cuidadosamente con su aguijón verde Verde no es sino azul Azul pastilla y desciende desciende por estas venas abiertas y mira llega *Ond'il Tempo più Tempo non é* y cuidadosamente con las alas le dio la hoz ¿Para qué la quieres? Para cortar el césped no ves qué alto Alto basta basta no seas animal no ves que se te va a ir y después Después qué gusto hay No no va a volver esa voz maravillosa contáme contáme cómo *per negar si rigido impero* Camina araña sobre mi nariz rota y bebe esta sangre negra que más negra es que la noche que de tu vientre expele el silencio Los colores se concentran se concentran en ese peso enorme sobre el pecho.

Sentí un peso tan grande sobre el pecho que todos los colores fueron devorados por su gravedad muda Muda no, un rumor una máquina sorda que sobre mi pecho vibraba y bebía la música, bebía a tragos y callaba la música que *il pensiero nemico di pace* callaba y la soprano se alejaba cuando

Abrí los ojos y frente a mí otros dos ojos enormes y azules y pupilas de alquitrán Dos pupilas como mares me clavan los ojos míos en su órbita maligna y no hablan no aunque murmura la máquina ronronea y acerca una nariz húmeda a mi rota nariz de sangre y me sigue mirando aunque es fría Fría como el agua que circula por mi espalda y me refresca la ingle sudorosa y me lava los pies como a un discípulo apretándome los tobillos con puños de padre y sí, ahora una voz escuché. Una voz el gato no habla no mueve el muso bigotudo pero escucho su voz adentro de la cabeza mi cabeza golpeada escucho ¿conoces el amor? No no debe decir eso Algo diferente seguro es No amor no puede ser y otra vez la voz adentro de la cabeza dice pero ahora Ahora comprendo ¿conoces el dolor?

Todo es más claro y cierro los ojos.

Pero dedos de acero me abren los párpados y quema la mirada del gato apoyado en mi pecho y ronronea con ojos azules siamés debe ser Sí, siamés y hunde sus garras de uñas como agujas en mi pecho Abre y cierra las manos de gato ronroneando como si amasara el pan en mi pecho y en mi estómago Cuatro manos con cinco uñas cada una Uñas de estiletes se clavan en mi carne que carne ya no parece sino aire. ¿conoces el dolor? Repite la voz del gato, o de quién, porque el gato no habla pero veo sus ojos azules y la voz restalla en mi mente ¿Dónde está el Mandinga? Dice sin mover los bigotes finitos ¿Eso dice? No entiendo No en-

tiendo y no quiero Cierro los ojos no habrá dedo que abrirlos pueda porque la muerte los va a cerrar bien cerrados No
Morir no podré ahora Todavía no.

No puedo hablar. Las alucinaciones me aturden y van
desapareciendo paulatinamente arañas alacranes las puntas
cortantes de las hojas rotas que se clavan en mi flanco como
el gato de Alicia se van desdibujando y caigo. Caigo profundamente en la inconsciencia.

En qué momento me desperté o cuánto permanecí tirado
dentro de esa acequia no lo sé. Abrí los ojos y como si ésa
fuera una señal, mi cuerpo aulló de dolor. Aulló para adentro. Como para adentro precipitaba todo, dolor y angustia y
frío y preguntas sin respuesta.

Estaba empapado. La campera me chorreaba agua negra
y mis pantalones parecían cauces de arroyos inesperadamente desbordados. Me incorporé como pude y salí de mi
escondite y de la acequia. A mi alrededor la noche sostenía
su apenada negrura.

Empecé a sentir que la frente me ardía y al tratar de caminar comprobé que mis pasos perdían seguridad, como si
al apoyar mis pies alternativamente en ese suelo que debiera
ser sólido, el mismo suelo escapase de mis plantas, mórbido
e inestable. Perdía el equilibrio y un frío ardiente me cruzó
la espalda. Cuando levanté la vista y traté de dirigirla lejos,
hacia el túnel deshabitado de la calle, mil clavos de fuego
cayeron sobre mis ojos y me obligaron a cerrarlos de dolor.
Sentí mis párpados como compuertas de fuego, y un sudor
helado se disolvía sobre mi cabeza y bajaba por mi nuca y
mis sienes evaporándose al calor innatural de mi piel.

Como pude, trastabillando, dirigí mis pasos a la casa de
Juan José, y llegué tras un siglo de caminata enfebrecida.
Cuando me abrió la puerta tenía un lápiz en la mano, me
miró y me dijo:

–Hombre, ¿qué te ha pasado?

Recorrí tiritando los pasillos de su casa y al llegar al estudio me derrumbé como un maniquí desarticulado.

No puedo saber la duración de mi convalecencia. El delirio empezó apenas Juan José me acomodó en el colchón sobre el que nos sentábamos habitualmente a tomar vino. Creo que me sacó toda la ropa, porque sentía el roce suave de sábanas contra mi cuerpo convulso, para el cual, por momentos, cualquier contacto era una llaga de tormento. Todos mis nervios se tensaban al máximo y me hacían saltar como un muñeco al que una corriente interior electrocutase a intervalos casi regulares. Percibía mi piel como si permaneciese continuamente mojada, sumergida por momentos en un agua fría que sólo servía de conductor a una corriente eléctrica que seguía quemándome como me habían quemado los venenos de arañas y alacranes, como si una lluvia de meteoritos eléctricos cayera sobre mí, provocando huecos en la carne viva, huecos en los que inmediatamente se vaciaba ácido. Trataba de abrir los ojos, pero los ojos también me quemaban horriblemente, y cada vez que lograba abrirlos, veía sólo sombras, siluetas recortadas sobre mí, sin distinción de rostros o voces. Aunque voces oía, y a veces música, música clásica, tal vez la que habíamos escuchado tantas veces con Juan José. Ya no era la voz de soprano —¿o era mezzo?— que había cantado en el túnel oscuro de la acequia palabras en italiano. Estas notas nuevas, estructura aérea, espacial, cósmica tal vez, se clavaban en mí como dardos, en una diabólica conjunción de música y dolor, como si la sinfonía escribiese su pentagrama en mi propia piel, dirigiendo las descargas eléctricas al compás de un piano o un oboe.

Sentía la boca resquebrajada de sed, y a veces un paño húmedo sobre mis labios resecos, que probablemente sería sostenido por Juan José, aunque en algunos instantes, con los ojos velados por nubes de dolor, percibía no su cabeza gentil sino otra, silueta ya familiar a mi memoria, sombra también ésta en el mundo de sombras en que estaba sumergido. Era una cabeza más maciza, oscura, de pelo negro y ojos negros como el alquitrán.

El tiempo no se dejaba contar, y sería imposible adivinarlo, porque no sabía cuándo dormía o cuándo estaba despierto, tales eran mi fiebre y mi delirio. El dolor borra a veces todas las fronteras, y llega a comportarse como una defensa contra el horror extremo. Recuerdo sin embargo algunos sueños, especialmente uno, en el cual yo caminaba rumbo a la casa de Juan José, o de Julián, no lo puedo determinar con claridad, y caía en una especie de telaraña gigantesca, una red que me atrapaba sin darme posibilidad de realizar ningún movimiento, mientras veía avanzar hacia mí no una, sino varias arañas de mi propio tamaño, desmesuradas y feroces, que sonreían mientras se acercaban, sostenidas en sus tantas patas finísimas y punzantes, con las valvas abiertas destilando veneno, veneno de colores. Me debatía con tal ferocidad que caía de la tela, y terminaba sobre una suerte de camilla, estaba atado, con el cuerpo empapado, desnudo, y sobre mí se inclinaba, siempre sonriente, la cabeza de gato de ojos azules.

Poco a poco empecé a salir de la pesadilla. Los dolores continuaban, pero habían cesado los golpes eléctricos que me hacían estremecer, y abrasaban las quemaduras que en mi imaginación me habían causado. Sentía la cara hinchada y a duras penas podía entreabrir la boca cuando una mano amable me levantaba un poco la cabeza y me colocaba un vaso en los labios. Los ojos también debían estar muy inflamados, porque sólo conseguía entreabrir los párpados a una línea de luz en la que se movían las sombras en torno a mí, pero debía cerrarlos inmediatamente, quemadas las pupilas por cualquier resplandor.

Paulatinamente empecé a escuchar voces con mayor claridad, antes de que los ojos me permitieran alguna visión definida de mi entorno. Eran voces humanas, y sin sorpresa podía comprender, entre las nubes de mi fiebre, que no se trataba de Juan José. O al menos no era solamente él, sino alguien más, una mujer probablemente, y otra voz, una voz dura que me pareció la de Mandinga. Pero nada podría asegurar, tan imprecisa era mi percepción y tan lamentable mi estado. A mi alrededor se movían cuerpos, y a veces la luz variaba, aunque era siempre, casi lo puedo asegurar, esa luz fija que provenía de arriba, del inalcanzable techo gris que custodiaba, como un cielo liso y uniforme, el estudio de Juan José. En mi encierro, limitado por mis párpados, encarcelado en mi colchón, venían a mi mente torturada los versos de un romance anónimo que hablaba de un prisionero cuyo único contacto con el mundo era el canto de un pájaro, hasta que un ballestero mata al ave invisible y ese crimen transforma su cárcel en inexpugnable.

Que ni sé cuándo es de día,
ni cuándo las noches son,
Sino por una avecilla
que me cantaba al albor.
La mató un ballestero...

Cuando estuve algo mejor y pude mover los brazos, esperé la presencia de la mano cuidadosa que me acercaba el vaso de agua a los labios, y cuando estaba apoyado el vidrio fresco en mi boca, aferré la muñeca que lo sostenía, traté de abrir los ojos lo más que pude, y aunque estoy seguro de que los abrí, lo que veía no pasaba más allá de una imagen borrosa, oscura, que se interponía entre la luz y mi propia cara. Pero una voz conocida surgió de esa imagen y aclaró en mi mente toda la ambigüedad que mis ojos percibían.

—Vamos señorcito, tome esta agüita que bien le va a hacer.

Era la voz de Toribia Galarza, la mujer oscura que se aparecía cada tanto y cuya intervención en mi vida no tenía ninguna explicación lógica, pero sí guardaba la capacidad de estar vinculada con algo que necesariamente se apartaba de la violencia y me conducía hacia una especie de serenidad casi maternal. Cerré los ojos, agotado por el inmenso esfuerzo, y solté su muñeca quizás con mayor alivio para mí que para ella. Quise agradecerle su cuidado, y traté de esbozar una sonrisa, que debe haberse traducido como una mueca en mi cara entumecida por la fiebre y el dolor.

Paulatinamente los vasos de agua se transformaron en caldo caliente, y después en una suerte de puré sin sal. Ya no me preocupé por saber si era Toribia la mano que me acudía, o era Juan José o quién sabe quién, que se asomaba a mí como quien se asoma a una gran desgracia, lo suficientemente cerca como para sentir la piedad que suscita el no ser uno mismo la víctima y poder ayudar, hacer algo que agradezca a la vida o a la suerte o al destino estar arriba y no abajo, allí donde yo estaba, en un lecho que hubiera podido ser mi mortaja sin los cuidados de esa piedad humana.

Una noche, cuando ya pude hablar, y reconocer a Juan José que dibujaba al lado de mi cama –mi colchón–, le pregunté:

–¿Quién es esa mujer? La que me daba agua –traté de mirarlo, más bien de enfocar mi mirada dolorida en su figura menuda sentada frente a un caballete. Hice una pausa mientras enfocaba la imagen, y antes de volver a apretar los párpados para aliviar la quemazón en mis pupilas, agregué:

–Supongo que no sabes de lo que hablo. Y que tampoco conoces a Mandinga.

Juan José sonrió, o al menos yo me imaginé que sonreía, porque no veía su cara y no tenía fuerzas como para incorporarme sobre los codos y mirarlo de nuevo. Sonreiría no con la sonrisa sin alma de Julián, sino con la sonrisa aniñada y a la vez madura de su boca pequeña, infantil y tremendamente parca.

–Ahora piensa en curarte –le respondió al papel sin dudas, porque no percibí que diera vuelta su cara con su matita de pelo ralo sobre el mentón.

Recostado en el colchón que había sido mi cama durante no sé cuánto tiempo, murmuré casi como una confesión a mí mismo, con los ojos cerrados y los brazos vencidos al costado de mi cuerpo:

–No sé por qué me pasa todo lo que me pasa. Es como si desde que conocí a Julián mi vida se hubiera transformado en una vorágine. Ya no entiendo hacia dónde voy.

–A lo mejor se te abrieron los ojos –dijo Juan José y yo abrí los ojos como ante un conjuro, pero sólo veía el cielorraso liso, y a veces surcado por una grieta sutil; grisáceo según se me antojaba desde mi puesto de observación, grisáceo e iluminado por una única luz.

Cerré nuevamente los ojos. Volví a apoyar la cabeza sobre la almohada y dejé que las palabras que así lo quisieran, salieran de mi boca con calma.

–Es como si hubiera llegado a un límite, a una frontera donde todo cambia. Y para atravesarla tuviera que cambiar yo mismo, pero ese cambio fuera tan doloroso que pusiera en grave peligro mi propia existencia. Pero no sé lo que hay detrás de ese límite. A lo mejor se trata del límite entre la vida y la muerte. A lo mejor es lo desconocido, o lo que yo no conozco de mí. Tengo la sensación de estar parado en la línea que separa la luz de la sombra, tambaleándome entre las dos, al punto de no saber si tengo que caer de un lado o del otro. O si voy a morirme ahí, como un funámbulo inmovilizado por un rayo en el momento en que la cuerda se tensa bajo su peso y él se inclina sobre el vacío, el vacío más grande, allí entre dos montañas, en el medio de dos edificios, sobre las rocas o sobre el cemento de la calle.

–Qué poético. No creo que vayas a morir en el límite. Creo que lo vas a atravesar. Todos tenemos que hacerlo, si queremos ver –respondió Juan José y estoy seguro de que si al principio sonreía, al final de su frase había recuperado esa gravedad reconcentrada que ponía cuando hablaba de algo que le parecía muy serio.

–Por momentos me siento como si ya estuviera muerto. Como si mi misma respiración y lo que veo, lo que alcanzo a ver o sentir, ya fueran parte de mi muerte.

–La muerte puede ser una certidumbre. Hay que tener cuidado –dijo Juan José sin dejar de pintar y sin moverse de su posición, como yo no me movía de la mía. –Todas las certidumbres crean una realidad.

Con otro esfuerzo aún mayor, me incorporé a medias sobre los codos y girando el busto y la cabeza hacia donde él se encontraba le pregunté, con la convicción de que su respuesta podía ser la clave de toda mi pesadilla:

–Entonces, ¿estoy vivo o estoy muerto?

Juan José bajó el lápiz y me miró con extrema seriedad, pero sin dureza. Se hubiera dicho que en su mirada había algo de melancolía, incluso de piedad:

–Si te lo estás preguntando es porque aún estás vivo.

Fue necesario otro tiempo más para poder levantar mi cuerpo del colchón y sentarme a medias. No supe lo que me había sucedido, pero ya no escuché más voces que la de Juan José a mi alrededor, ni recibí más alimento que de su mano. Paulatinamente empecé a incorporarme un poco más y a tomar yo mismo la cuchara para alimentarme con esas papillas sin sal. Después pude sentarme totalmente y de allí pasé a levantarme de a poco, primero unos breves instantes, luego minutos, y lograba pasar parte de las mañanas o las tardes sentado en una silla. Hasta que yo mismo fui capaz de prepararme los alimentos, e incluso de servirle la copa de vino a Juan José. El tiempo, que todo lo cicatriza, cicatrizaba mi cuerpo.

Sentía que quien se levantaba de ese lecho, de ese colchón en ese estudio silencioso era otro hombre, un hombre cuya búsqueda ya no era la desesperada agonía de quien anda tras las pisadas de un muerto, sino que se había transformado en la persecución de la verdad, una verdad que quizás debía encontrar antes que nada dentro de mí mismo.

Cuando salí de la casa de Juan José caminaba con la liviandad de los resucitados, estrenando un esqueleto que dolía por todas partes, y lanzando a la noche sin estrellas una mirada mucho más dura, alimentada por un fuego que ya no se veía desde el exterior.

Me dirigí sin dudar hacia la maderera de los Pasco. A aquel portón herrumbrado que una noche habíamos atravesado con Julián, y detrás del cual se deberían haber desenmarañado las historias trágicas de sus abuelos ricos emigrantes de Europa, en una ruleta de amores y desengaños, de dinero y estafas elegantes de las cuales quedaban sólo algunas fotos amarillentas en los cajones desordenados de la habitación de mi amigo, de mi amigo que también había muerto de manera trágica, inexplicable como todas las muertes de quienes amamos.

Y sin embargo parecía que nada era así, que toda esa maravillosa historia de herencias y catástrofes era falsa, que no había más nobleza que la vida cotidiana, la enfermedad y el despojo entre esas viejas paredes olvidadas, que tal vez Julián había querido hacer legendarias para mí en una noche de invierno que ya era parte, también ella, de la materia maleable e infiel de que están hechos los recuerdos.

Llegué bajo el cartel medio descolgado de la maderera y miré hacia todos lados, con mi recién inaugurada cautela. Individualicé la puerta disimulada en el óxido del enorme portón y la manipulé con firmeza, con un golpe seco de mi otra mano mientras con la primera sostenía la manija de hierro. La puerta cedió casi sin ruido, o mejor dicho con el ruido arrastrado de las hiedras y el polvo, un ruido sin ecos que no podía difundirse por la calle amenazadora de la noche. Entré y cerré inmediatamente la puerta detrás de mí. Una negrura densa se abalanzó sobre mi cabeza y me cubrió entero, incorporándome brutalmente a la oscuridad muda de aquel interior gigantesco y muerto. Caminé unos pasos casi arrastrando los pies para evitar los tropiezos, y cuando mis ojos se acostumbraron a la oscuridad y empezaron a distinguir las ciclópeas osamentas de las maquinarias abandonadas, llamé:

—¡Mandinga!

Mi voz no era un grito sino un susurro. Un susurro largo y fuerte, adecuado a ese cementerio de la vida, hecho para reptar entre las sombras hasta donde se encontrara el hombre de los ojos verdes.

Nada. Silencio. Volví a llamar.

—Mandinga. Soy el amigo de Julián.

No hubo respuesta pero percibí claramente cómo las sombras en torno a mí se modificaban y perdían su rigidez de osamentas para adquirir la morbidez de la carne, el contorno de lo humano que respira. Y a través de esa oscuridad palpitante se abrieron paso los ojos de Mandinga, como dos luciérnagas incendiadas, dos rayos verdes que queman el horizonte a la puesta de un sol a punto de estallar.

—Qué quieres —fueron sus únicas palabras, sin siquiera la inflexión de la pregunta, duras y frías como las luces de sus ojos, como la sombra impenetrable de esos galpones.

—Quiero saber si estás solo o hay más gente contigo.

—Hay más.

—¿Por qué están escondidos aquí?

—Julián nos enseñó este lugar.

—¿Julián era uno de ustedes?

—Todos los seres humanos son uno de nosotros.

—¿Por qué dices que a Julián lo mataron?

—Ninguna muerte es natural durante la dictadura.

—Julián no murió de muerte natural. Se suicidó.

—Si así lo quieres creer.

—¿Por qué me mostraste tu escondite? ¿No tienes miedo de que te denuncie?

—No.

¿Necesitan algo?

—Leche en polvo. Y frazadas.

Hice silencio. Había pasado de la fábula a la tragedia con solamente atravesar por segunda vez esa puerta. Estaba inmóvil y Mandinga habló de nuevo.

—Deja las cosas al lado de la puerta de atrás. Y ahora ándate, te pueden estar vigilando.

La sombra de Mandinga se escabulló entre las coriáceas sombras de las maquinarias muertas, y todo volvió a su silencio inmóvil, como vuelven los fantasmas a sus tumbas al llegar el alba. Me moví, único ser humano que podía moverse, tal vez, de esa manera en ese ámbito de abandono y desolación, y salí nuevamente por la puertecita de metal. Atisbé primero que no hubiera nadie, y me escurrí a la palidez de la noche fría, fría como la mano de una momia, y dirigí mis pasos a la casa de Laura, a sus sillones de terciopelo y sus vitrinas con porcelanas.

Tomé todas las calles laterales, las más oscuras y tortuosas, di mil rodeos y en cada uno miraba a mi alrededor, a mi costado, rasando las paredes descascaradas de las viejas casonas, atento al murmullo desigual de los árboles castigados por el viento nocturno, controlando el eco de mis propias pisadas en los canales penumbrosos de las acequias.

Llegué a casa de Laura, la miré un instante, disfrutando su bella arquitectura sencilla y elegante, su cuidado jardín donde un ibisco resistía estoicamente al frío del invierno, protegido únicamente por la verja alta y las ventanas en círculo quebrado, cerradas con persianas de hierro y rejas de barrotes salomónicos, junto al pórtico de arcos en el cual pendía el enigmático farol de hierro negro.

Antes de tocar la puerta contemplé por enésima vez ese farol, un objeto tan intranscendente hecho de metal y vidrio, y que iluminaba todo el pórtico con una luz que escapaba ya moldeada al pequeño jardín íntimo de Laura. Miré el farolito y algo en mí me hizo sonreír. Toqué la puerta y antes de que pudiera volver a contemplar el objeto de mi atención, apareció Laura en el vano, circundada por la suave acogedora penumbra de su casa, con sus ojos grandes delineados de negro y su cabello limpio cayéndole sobre los hombros pequeños.

–Quiero ver a Julián. Ya sé que es un simulacro y que no me serviría de nada. Pero me serviría. Quiero verlo. Tu me lo ofreciste. –Le dije como saludo, el saludo de quien ve partir el tren en el que se va su única esperanza y se apura junto a las vías, antes de que se le termine el andén por el que corren ya el vagón y él mismo junto al vagón enunciando las últimas palabras de su pregunta, aun sabiendo que le será imposible escuchar la respuesta, si ésta fuera pronunciada desde la ventanilla ahora inalcanzable allá por las vías donde no hay más andén y el tren se marcha poderoso y seguro, inevitable.

—Primero pasa y charlamos —respondió Laura con suavidad, con dulzura, sonriendo llena de gracia aérea, como si yo fuera un niño que le hubiera pedido una vuelta en el caballito de madera mientras ella me tiene de la mano frente a la calesita que gira encantando mi fantasía infantil.

Pasé. Entré a su cálida casa, atravesé la sala con el busto de mármol y me senté en el sillón de terciopelo frente a la mesita baja con las cajitas de metal. Laura desapareció por una de las puertas y regresó pocos instantes después con un tazón humeante. Era chocolate.

—Hacía añares que no tomaba chocolate —le dije maravillado al aspirar el perfume del tazón que puso en mis manos.

—Es invierno. Es de noche. Hay que tomar chocolate —dijo ella serenamente, sentándose a su vez en la poltrona alta frente a mí.

Sorbí un poço de ese líquido espeso, espeso como nunca había probado antes el chocolate, tan espeso que sentí como si se formara sobre mi lengua la barra entera dulce y a la vez amarga, densa y aterciopelada como esos sillones donde nos sentábamos. Sorbí y entibiado por esa dulzura insistí:

—¿Puedo ver a Julián?

Laura me miró y sonrió al responder:

—Eso lo sabes sólo tu. ¿Acaso no puedes verlo?

—No juegues conmigo, Laura. Por favor. Ya sé que se trata de un truco, pero lo necesito. He comprendido muchas cosas, incluso he comprendido el valor de las apariencias.

—No juego contigo, ¿cómo podría?

—Gracias.

–Sé que has comprendido muchas cosas. Lo veo en ti mismo, en tu mirada. Y me imagino que no debe haber sido fácil –dijo cerrando un instante los grandes ojos, como si algo le hubiera dolido adentro, en el pecho.

–No ha sido fácil.

–Esto puede no ser fácil tampoco. Pero no es un truco. Los trucos los hacen los magos. Yo no soy maga.

–Pero tu… –me detuve para buscar las palabras justas, y nos las encontré. Entonces proseguí con lo que mi mente consideraba más adecuado para expresar mi pensamiento.

–Pero tu puedes… no sé, hablar con los espíritus.

Laura sonrió con melancolía. –Tu también lo puedes hacer.

–No. Laura, por favor ayúdame.

–Voy a hacer todo lo que me pidas, porque te quiero. Porque Julián te quería, y Juan José te quiere, y porque eres especial, como nosotros. Como todos los que estamos de este lado y no tenemos elección, más que resistir y esperar.

Sentí su enorme desconsuelo, y aunque su apariencia serena y su bello rostro no cambiaron, yo percibía el temblor triste de su espíritu, ella sentada frente a mí en la poltrona de terciopelo, segura y sin embargo tan indefensa como debe haber estado Julián aquella última noche junto al canal.

Permanecimos un rato en silencio, yo bebiendo mi chocolate, ella la mayor parte del tiempo con los ojos bajos, extraviados entre las cajitas de metal ordenadas y pulidas sobre la mesa ratona.

Cuando terminé mi bebida y apoyé el tazón sobre la mesa, Laura me invitó a seguirla a otra habitación. Yo creí que había conocido esa casa larga cuando la primera vez divisé las habitaciones en hilera, comunicadas por puertas interiores y por una galería abierta que daba a un patio embaldosado y adornado con macetones de loza rebosantes de buganvillas y helechos. Pero me equivocaba. Después del último cuarto, tras la cocina y un baño pequeño que daba a otro patio posterior, había una pared cubierta de hiedras.

Si Laura no hubiera introducido su mano entre el follaje y hubiera manejado un oculto picaporte, yo nunca hubiera imaginado que allí se escondía una puertecita. Laura la abrió y aún abierta no se veían más que las tupidas hiedras cubriendo toda la pared. Con una mano apartó las ramas colgantes y me invitó a atravesar la puerta escondida. Esta puerta daba a otro patio aún, un patio de forma geométrica que sin embargo no me pareció cuadrado en la semipenumbra nocturna, sino poliédrico, tal vez octogonal, con las paredes regulares e idénticas mirando hacia el centro en el cual una fuente baja revestida de mayólicas espejaba el cielo despojado de estrellas.

Laura caminaba por esos interiores que se convertían en exteriores inesperadamente, y luego otra vez eran espacios cerrados, con la soltura de quien recorre sus propios dominios. Todo estaba cuidado e impecable, con la premura de quien se ocupa de barrer cada día los suelos y regar las macetas, quitando las hojas secas y apuntalando cada brote para favorecer la vida, en esa rutina familiar de las casas, donde cotidianamente se construye la existencia, frágil y efímera como un castillo de naipes.

En el fondo del patio octogonal, frente a la fuente simétrica, había otra puerta, pero ésta, ornada con un frontispicio simple sobre las dos hojas de madera labrada, sostenido por dos columnas de fuste liso. Laura abrió con una llave que llevaba en la mano, y me invitó a entrar. Era una grande, altísima biblioteca que ocupaba todas las paredes, que no eran cuatro, sino seis, ocho quizás. Otra cosa no pude ver en esa primera impresión: libros, de todas clases, formas, colores, cientos, tal vez miles de libros. Mi mirada trepó por los ocupados anaqueles hasta el lejano techo, adonde brillaban las estrellas sobre un firmamento azul, agrupadas en constelaciones luminosas. Me quedé como fulgurado por la visión, que penetraba a raudales en mi alma como si se tratase de una cascada de agua fresca que regaba después de tanto tiempo mi pecho desértico. Miré inmediatamente a Laura y le dije:

–Aquí estaban.

–Las pinté yo misma. Siempre me gustó la astronomía, y además, las recordaba muy bien.

Me volví hacia la biblioteca y me acerqué hipnotizado hacia una de las paredes y acaricié con los dedos los lomos con los títulos de esos tesoros. No eran libros encuadernados en ediciones de lujo, sino que se trataba de ediciones más sencillas, de cartón de colores, y todos daban la impresión de haber sido leídos, usados y amados. Allí esperaban como amigos Hamlet, Macbeth, Rey Lear, Las Mil y Una Noches, Don Quijote de la Mancha, la Ilíada y la Odisea, la Eneida, El Aleph, La Orestíada, Medea, Edipo Rey, Antígona, las Coplas por la muerte de su padre. Mis ojos recorrían afiebradamente las hileras de libros y no podía despegarme de ellos, señalándolos con los dedos implorantes, como quien roza la imagen de una divinidad poderosa capaz de decidir sobre su vida y sobre su muerte. Estaban allí las obras completas de Borges, toda la obra poética de Rimbaud, de Walt Whitman, de Luis Cernuda, de Federico García Lorca, los poemas de Horacio, de Catulo, las obras de Garcilaso y Lope, Hacia un teatro pobre de Grotowski; Una vuelta por mi celda de Marguerite Yourcenar. Mi éxtasis era tal que se me escapaban suspiros de maravilla cada vez que descubría más autores. Leía los títulos con la avidez de un hambriento y no terminaba de completar uno cuando ya pasaba al otro y saltaba a un tercero, en un transporte de excitación creciente en el cual el aire me resultaba tanto, y tan puro, que me hacía jadear.

En un cierto momento me di cuenta de que me había olvidado totalmente de Laura, y me di vuelta y ella estaba detrás de mí, con una sonrisa plena en el sereno rostro blanco, una sonrisa que le inundaba los ojos grandes y le iluminaba la piel suave. Le sonreí a mi vez y me acerqué a ella con los brazos extendidos hacia delante. Tomé sus manos con las mías y mirándola a los ojos le dije:

–Gracias. Esto es lo más hermoso que haya visto nunca.

–Estaba segura de que te iba a gustar. Julián amaba este lugar. Solía pasar noches enteras encerrado en esta habitación, sin dormir, o durmiendo entre los libros. Hemos reunido todo lo que hemos podido. Las bibliotecas de los amigos, los que tuvieron que huir y los que no alcanzaron. Todos los libros escondidos. Hizo una pausa y me pareció que sus ojos se nublaban un instante, aunque su expresión siguió siendo muy serena. Solté sus manos y ella se dirigió a los altísimos estantes, mirándolos con una profundidad que pocas veces le había visto.

–Ellos están aquí. Éstos y los otros, los que no pudieron estar más. Todas estas palabras nos hablan de lo que debe ser, lo que volverá a ser.

–Laura, si me hubieras dicho.

–¿Qué te iba a decir? Es necesario ahorrar aliento. Todo lo vas descubriendo por ti mismo.

–Soy yo el que ahora no sabe qué decir, quisiera yo también permanecer aquí, estar rodeado de estos libros, sin más cielo que éste ni más aire que éste.

–Puedes quedarte todo lo que quieras, es tu lugar –dijo Laura pausadamente, tranquila, si bien un aire de extrema melancolía parecía atravesar su voz y sombreaba su rostro.

Yo no sabía qué decir, ni qué hacer. Hubiera querido no hacer ni decir nada, sólo leer, sentirme acompañado por todos esos libros que aguardaban en los estantes con la sabiduría y la belleza del mundo. Comprendí que aún era pronto para hacer otra cosa que estar allí.

–Laura –dije sin saber muy bien cómo expresar lo que sentía. Pero mi amiga se adelantó y con una sonrisa generosa me dijo:

–Ya lo sé. Dejaremos lo de Julián para más adelante. Ahora lee, te va a hacer bien.

Y con su paso silencioso se alejó y cerró la puerta de esa extraordinaria biblioteca, y yo me quedé solo, solo acompañado por millones y millones de palabras de amigos que me hablaban desde sus libros; solo bajo todas las constelaciones brillantes del cielo.

Empecé a vivir de otro modo. O tal vez debería decir que empecé a vivir. Vivía lo más semejante a la felicidad que hubiera podido imaginar nunca, dentro de esa biblioteca octogonal, bajo el alto techo de estrellas brillantes, leyendo, devorando páginas que parecían devolver poco a poco a mi sangre su color y a mi cuerpo su sustancia. Pasaba las noches, que allí sí tenían estrellas, sumergido en el silencio murmurante de los libros, lleno de gozo, a veces acompañado por Laura, otras solo, inconsciente de las horas de afuera, la edad inasible de esa ciudad dormida, allí dentro donde todo estaba vivo, donde el tiempo corría y se transformaba continuamente bajo las palabras de los poetas y los filósofos. Aprendí el reflexivo ritmo del endecasílabo y la música de los octosílabos, y memorizaba los poemas mientras escandía uno a uno los versos, que dejaba a un lado para estudiar a Nietzsche y reflexionar, y más tarde aún me apasionaba con los relatos de Cortázar, o me divertía con las aventuras de Don Quijote. Nada tenía fin en esa habitación mágica, donde tiempo y espacio por fin coincidían y avanzaban juntos en una curvatura magnífica que me descubría nuevas galaxias y universos desconocidos.

Pero un sueño terminó con todo eso.

Felizmente extenuado entre los libros me había quedado profundamente dormido. En mi sueño vi que la puerta de la biblioteca mágica se abría y entraba la oscura mujer andina que yo conocía como Toribia Galarza. Se detenía en el vano de la puerta, con su falda de mil pliegues y enaguas, y su camisa de colores atravesada por la manta anudada que pendía sobre la espalda, con su trenza brillante y tensa y la piel oscura y gruesa, los ojos orientales y la boca bien cerrada. Detrás de ella, en una suerte de aura que debía ser el espacio libre entre su silueta y el vano de la puerta y en cambio se parecía a una almendra filosofal, se movía y entremezclaba el aire, como una marea de colores densa y lenta, resplandeciente, que no la circundaba a ella, a Toribia, sino que estaba detrás, un fondo como si la atmósfera exterior se hubiera licuado con la tierra y los elementos, y ahora se moviera en un magma primordial en espera de la nueva coagulación que le deparasen las eras del universo.

Toribia me miraba con sus ojos rasgados y me decía, sin moverse de su lugar:

—Señorcito ya mucho ha leído. Ahora debe volver a casa de su amigo. A casa de Julián debe ir a buscar las cartas. Antes de que se las lleven señorcito tiene que buscar las cartas.

Y entonces sucedía lo increíble: esa atmósfera líquida y coloreada que servía de marco a la figura de Toribia empezaba a penetrar en la biblioteca, envolvía a mi visitante en sus volutas de colores y la hacía desaparecer entre sus olas, para avanzar hacia mí, cubriéndolo todo y devorándolo como una mancha hambrienta. Yo aún en el suelo entre los libros estaba inmóvil de terror y la marea se aproximaba, hasta que empezaba a lamer mis manos y mis pies, y cuando sentía que ya no podía respirar y que la asfixia acababa conmigo, me desperté.

Estaba perfectamente solo en el mismo sitio en que me había dormido, rodeado por una cantidad de libros abiertos y cerrados, desparramados a mi alrededor. Mecánicamente empecé a levantarlos del suelo, a cerrarlos disciplinadamente y a colocarlos de nuevo en sus estantes, con el mismo amoroso cuidado con que los había sacado. Los había dejado a mi alrededor por esa pasión obsesiva de los bibliófilos de poder tocarlos, hojearlos a cada rato, desviar la mirada de lo que estaba leyendo y dejarla caer sobre una línea de otro libro abierto al azar, sobre un verso que está casi memorizado.

No sin melancolía cumplía mi tarea, que sin embargo me parecía no sólo obligatoria sino también impostergable.

Cuando ya había acabado y me quedaba sólo un libro abierto sobre el suelo de mayólicas geométricas, me agaché para cerrarlo y colocarlo en su lugar, pero no pude evitar que mis pupilas cayeran sobre los versos de un poema que ocupaba la página abierta como un ojo hacia mí:

sino yo, triste, cuitado,
que vivo en esta prisión,
que ni sé cuándo es de día,
ni cuándo las noches son…

Cerré el libro, lo coloqué en su estante y me dispuse a dejar ese lugar adonde había conocido lo que en el lenguaje humano debe denominarse felicidad, y que por su misma condición humana era un estado sujeto a la voracidad inapelable del tiempo, el tiempo cada vez más fugaz que se precipitaba bajo mis pies con la velocidad del río de Heráclito.

Salí de la biblioteca y cerré tras de mí la puerta con frontispicio. Contemplé un instante la fuente octogonal del patio octogonal y abrí la segunda puerta. Una pared de hiedras la seguía escondiendo del otro lado. La cerré con cautela y comprobé que las hiedras permanecieran en su sitio, cumpliendo su tarea de camuflaje vegetal. Atravesé las muchas habitaciones en hilera de la casa de Laura sin hallarla en ninguna, pero tampoco la llamé. Dentro de mí sabía que la casa estaba sola, y que esa noche era yo su único y fugaz habitante.

Me detuve en el pórtico con arcos y no lo dejé antes de dar una mirada al farolito de hierro. Crucé el pequeño jardín con el ibisco helado, abrí la portezuela de hierro y madera, y salí a la vereda, a la noche glacial y sin estrellas de la ciudad, lejos ya de mi paraíso de libros. Tomé rumbo al norte, hacia la casa de Julián. Tenía que buscar las cartas de que hablaba Toribia en mi sueño.

Caminé pisando de nuevo las mismas calles que muchas veces había pisado con Julián. No dejé que angustia ninguna lentificara mis pasos, y me fui alejando del canal tumultuoso en donde mi amigo había terminado su vida. Las casas silenciosas me contemplaban desde los ojos de sus ventanas, bajos los párpados o velados por cortinas inmóviles, con la boca de sus puertas clausuradas al mundo, reteniendo murmullos prohibidos y suspiros encerrados. Los árboles sin hojas ya apenas se movían en el aire frío, y dejaban chorrear la luz muda como una leche estelar, resabio de alguna catástrofe cósmica que había barrido con todas las constelaciones que alguna vez custodiaran desde lo alto estos barrios desolados.

Llegué a la calle de Julián y me detuve en la esquina. Cuántas veces habíamos hecho eso mismo con mi amigo, para prolongar aún nuestras conversaciones, o sus monólogos; para estar aún un rato juntos y solos encerrados en nuestra atmósfera propia, en nuestro mundo inexplicable. Hundí los puños cerrados en los bolsillos de mi campera. Recordé esa vez en que yo me quejaba de nuestra falta de libertad, y él me había respondido:

—La libertad no llega con sólo buscarla, hay que trabajar para obtenerla; trabajar muy duramente. Y si es necesario hay que dejar la vida en ello. Entonces no será para nosotros, pero será para los que vengan después.

Cerré los ojos y tomé fuerzas de estas palabras que ahora regresaban a mi mente, casi a mis oídos, como si estuviera escuchando en ese preciso instante la voz de Julián, segura, firme, clara, pronunciándolas para mí. Para mí en esa noche en que el hombre diferente que yo era debía enfrentar las últimas y definitivas pruebas. Y tal vez sí, tal vez mi amigo tenía razón, tal vez la liberación sería para los que me siguieran.

Apreté los puños en los bolsillos, y afronté el último tramo de camino hacia mi destino. La entrada del pasillo en donde se encontraba la casa de Julián estaba sumida en mayor penumbra de como la recordaba, incluso la pared de ladrillos me pareció a punto de desmoronarse, y tropecé más de una vez con piezas sueltas en el suelo embaldosado, que mostraba aquí y allá la invasión irregular de yuyos, como pelos raquíticos surgiendo desde un infierno invisible.

Pero mientras avanzaba por el pasillo noté que el farolito de hierro frente a la puerta de mi amigo estaba apagado, y cuando estuve frente a él lo vi roto, medio descolgado de su soporte, como si le hubiera pasado un siglo por encima. Toqué la puerta con decisión y tuve la sensación de que de la madera ajada se desprendía polvo, como si la misma puerta estuviera despidiendo sus partículas al aire, en un primer paso hacia la desintegración.

Esperé y golpeé de nuevo. No respondió nadie, pero en la espera me di cuenta de que no tenía ningún argumento para explicar a su abuela o a su madre mi visita tan extemporánea, ni la necesidad de buscar entre las cosas de mi amigo muerto unas cartas que, según un sueño que había tenido, yo debía rescatar. Me pareció que cualquier argumento que utilizara sonaría tan ridículo que lo mejor sería ir frontalmente a verificar si quedaba algo de las pertenencias de Julián, sin dar mayores explicaciones.

Pero nada de eso fue necesario, porque nadie abrió la puerta. Entonces saqué un puño del bolsillo de mi campera, lo abrí y tomé el picaporte, lo hice girar y la puerta cedió sin resistirse, como si no hubiera estado esperando otra cosa que mi decisión.

Pero lo que me esperaba adentro era increíble.

Atravesé la habitual oscuridad del pequeño recibidor, donde aún en la sombra pude percibir el olor del abandono total, de la falta de vida. Pero cuando entré en la cocina lo que vi me dejó inmóvil. Ese lugar parecía haber permanecido deshabitado durante decenios. El cielorraso de lienzo pendía a jirones, y en una parte el techo estaba agujereado, y la luz muerta de la noche caía sobre la mesa de madera cubierta de polvo, en la cual un único objeto, caído, recordaba la presencia humana: el vaso de Julia. Los anaqueles estaban medio descolgados y vacíos, las telarañas capturaban la penumbra polvorienta que emanaba de todas las cosas, y algunas sillas rotas sembraban el suelo invisible bajo los escombros y la suciedad.

Fui al cuarto de Julián y el panorama era idéntico. Abandono y destrucción señoreaban en cada objeto que aún resistía, abatido por el olvido que se había adueñado de todo. La cama de mi amigo, donde se acostaba a escuchar música, a mostrarme fotografías, y adonde lo había visto retorcerse de dolor, yacía desarticulada por el suelo, con la cabecera rota y el colchón destripado como los intestinos de un ciervo atacado por una jauría de lobos. Recorrí con la mirada el resto de la habitación, tratando de atravesar la penumbra ayudado por el mudo resplandor que entraba por la ventana, y vi que la cómoda aún estaba en pie. Abrí el primer cajón y el único objeto que allí había, incólume como cuando lo usara Julián aquella noche de la visita a la maderera Pasco, era la linterna de metal acanalado. La tomé y pulsé el botón de plástico. Instantáneamente la luz redonda de su ojo de vidrio se encendió y proyectó un haz impío sobre el desmoronamiento que me circundaba. Abrí otro cajón de la cómoda y estaba vacío. Abrí el último y allí las encontré. Las iluminé con la linterna: eran cartas, o más bien dicho, eran sobres, muchos sobres con denominaciones escritas en el frente. Tomé uno y lo apunté con la luz de la linterna. Decía: *infancia*. Tomé otro y leí *abuelos vascos*. Un tercero decía *la maderera abandonada*, otro *el hombre del jardinero anaranjado*, otro más *el bar del boxeador*, otro *Juan José el pintor*, otro *Mandinga*, y otro aún *Laura*.

Elegí el sobre que decía *abuelos vascos* y lo abrí. No estaba pegado, sino que la lengüeta estaba plegada e introducida dentro del mismo sobre. Saqué de adentro una hoja de papel escrita a mano, con tinta, en la que se hallaba dibujado un árbol genealógico. En el extremo de la copa se leía *Aimar Pasco, 1890*, y un guión separaba este nombre de *Maddalen Villón*, que llevaba el año 1896. Pero este último nombre estaba escrito sobre otro tachado, donde parecía que anteriormente se encontraba escrito *Magdalena*, como si el autor de ese dibujo hubiera dudado entre un nombre y el otro, en una ambigüedad creativa más propia de un novelista que de un biógrafo. Una flecha indicaba como hija de ambos a *Genoveva Pasco*, con el año 1919, y la unía una flecha de dos puntas con *Leopoldo Esquer, 1915*. De ellos una flecha indicaba a *Leopoldo Esquer hijo, 1936*, unido a *Julia Gomara, año 1937*. De ellos salían dos flechas, una culminaba en *Julián Esquer, 1958*, y la otra en *Laura Esquer, 1956*.

Sentí un vértigo que me subía desde los pies hasta la cabeza, como si el suelo se hubiera movido y transmitiera su vibración a todo lo que en él se apoyaba, y por lo tanto mi cuerpo erguido sufría ese movimiento innatural y amenazante. Cerré los ojos y la oscuridad fue total. Los volví a abrir y el vértigo había pasado. Iluminé de lleno el cajón y vi que los sobres eran numerosos. Apoyé la linterna sobre la cómoda y empecé a reunirlos, de a uno, de a dos, hasta que los apilé en un fajo y los saqué del cajón. Tomé nuevamente la linterna e iluminé el interior, comprobé que no quedaba nada. Entonces los puse en un bolsillo interno de mi campera, junto al primero, que volví a cerrar cuidadosamente.

Antes de dejar la linterna donde la había encontrado iluminé por última vez la habitación de Julián, y cuando proyectaba la luz pálida y redonda hacia la pared más angosta de esa pieza donde tantas noches habíamos compartido la charla y la música, el redondel blanquecino cayó sobre el imponente ropero. En el halo agonizante dibujado por la linterna, se erguía aún con abandonada dignidad ese mueble antiguo, adornado con dos columnas y un frontispicio tallado en la madera noble. Me quedé inmóvil mirándolo, como si estuviera contemplando una revelación. Las dos hojas de madera, las columnas lisas, el frontispicio. No cabía duda, era la misma entrada a la biblioteca del patio octogonal.

Con la lentitud con que acercamos la mano a la puerta tras de la cual se cela la cifra de nuestro propio destino, así acerqué mi mano a la doble hoja de madera de ese ropero, iluminándolo cada vez más de cerca, ajustando la linterna su luz redonda y miserable en un círculo cada vez más neto, y mi cuerpo detrás de mi mano, y mi cuerpo silencioso y sombrío en esa oscuridad de la habitación abandonada de Julián. Abrí las dos puertas de ese gran mueble antes atiborrado de libros, y la luz se derramó sobre los estantes vacíos, en los que una que otra hoja de papel yacía exhausta sobre la madera polvorienta. Miré cuidadosamente todos los rincones, y en uno de ellos, cubierto de polvo, hallé un libro. Lo tomé en la mano y traté de leer su título, pero las letras estaban demasiado borrosas, o la luz cada vez más débil de la linterna no alcanzaba a descifrarlas, o mis ojos titilantes ante ese descubrimiento no podían leer. Me di vuelta, apoyé la linterna en la cómoda, de manera que su luz llegara a mis manos, abrí el libro y vi que tenía todas las páginas en blanco. Pero adentro había un sobre, idéntico a los sobres que había encontrado en el cajón de la cómoda y que había guardado en el bolsillo interno de mi campera. Tenía un nombre escrito en el frente, y lo pude leer. Las letras trazadas a mano con tinta azul saltaron a mis ojos con neta claridad. Decía Julián Esquer.

Mantuve el sobre en mi mano sin poder hacer otra cosa que mirarlo. Después de no sé cuántos segundos que tal vez fueron mucho más que segundos, y a la luz cada vez más oprimente de la linterna, lo abrí y desplegué las hojas prolijamente dobladas y escritas con la misma letra minuciosa con que había sido trazado el árbol genealógico de la familia Esquer.

Empecé a leer: *Lo conocí una noche de mayo...* Cerré los ojos y apreté tanto las hojas de papel en mi mano que sentí la vibración de mi propio esfuerzo correr por el brazo, como un terremoto, y expandirse por mi cuerpo hasta llegar al pecho, donde me obligó a respirar profundamente, con afán, en un intento por calmar la ansiedad que amenazaba con desintegrarme. Esperé con paciencia a que mi mente detuviera la oleada que estremecía mi cuerpo, y mantuve cerrados los ojos hasta sentir que paulatinamente, con la grave ironía con que las catástrofes naturales se calman después de haber arrasado con todo lo que hallaron a su paso, paulatinamente dejase de temblar.

Abrí los ojos y la hoja escrita seguí allí, con las demás, llena de los signos pequeños y casi torpes de la escritura hecha a mano. Junto a las hojas manuscritas había una partitura, una de las viejas partituras que tanto amaba mi amigo; ésta tenía por título *Un pensiero nemico di pace*. Casi sonreí al recuerdo de los escorpiones de colores y el agua helada que me quemaba como los violines de Händel en una cárcel de cemento y delirio. Doblé nuevamente todos los papeles, los volví a introducir en el sobre, y puse éste en el bolsillo de la campera junto a los demás. Cerré el ropero neoclásico con un gesto definitivo y cargado de tristeza. Pero no era una tristeza angustiosa, sino una tristeza serena, llena de la parsimonia que da la aceptación.

Apagué la linterna y la coloqué en el cajón donde la había hallado. Después de todo, había ido a esa casa, o a lo que quedaba de ella, a buscar las cartas, nada más.

Salí de la habitación de Julián, entré en la cocina casi derrumbada y cuando la atravesaba para salir al vestíbulo, un papel que asomaba debajo de unos escombros, sobre el suelo, llamó mi atención. Me agaché a recogerlo y le sacudí el polvo con la mano. Era una de las hojas de dibujo de Julia. Al colocarla debajo del rayo de luz que entraba por el agujero en el techo, pude ver que estaba pintada, y que esta vez el motivo no eran los puertos del sur de Italia ni los barquitos en el mar azul, sino una suerte de celda gris, algo así como un cubículo de cemento con un colchón en el suelo y una puerta de hierro. Era difícil distinguir más en el diseño, al cual se le había adherido el polvo y las manchas de humedad lo borroneaban, falseando la imagen. Me coloqué debajo de la luminosidad raquítica que llegaba desde arriba y acerqué la imagen a mis ojos ya un poco acostumbrados a esa penumbra, y me pareció distinguir en ese colchón, junto a una de las paredes de la celda o de lo que fuere, el bulto del cuerpo de una persona; una persona dormida, o muerta.

Dejé la acuarela, o lo que quedaba de ella, sobre la mesa, junto al vaso de vidrio de Julia, salí de la cocina y cuando llegaba al vestíbulo volví sobre mis pasos. Regresé junto a la mesa de madera y tomé en mi mano ese vaso oscurecido por el polvo y los pedazos de lienzo y cal caídos del cielorraso. Lo llevé también a él bajo el haz de luz que penetraba por el agujero en el techo, lo di vuelta, lo limpié con los dedos, y leí debajo, en el vidrio irremediablemente consumido: *industria argentina*.

Lo dejé otra vez sobre la mesa, en definitiva ése era su lugar.

Regresé al vestíbulo y en la oscuridad de ese pequeño ambiente traté de localizar el perchero donde Julián colgaba su Montgomery azul. Después de unos instantes de forzar la vista lo divisé, medio descolgado, y cubierto de suciedad. Salí al pasillo y cerré cuidadosamente la puerta detrás de mí. Sobre mi cabeza los restos del farol de hierro rechinaron movidos por el viento nocturno, último saludo al último visitante de esa casa donde había vivido Julián Esquer.

Sentado frente a Laura, en los sillones de terciopelo, le entregué los sobres sin decir una palabra. Laura los recibió casi con temor religioso, y se quedó mirando el fajo en sus manos fijamente, no sé si estaría leyendo la inscripción en alguno de ellos, o sencillamente no quería dirigir sus ojos a los míos. No se movió y durante interminables minutos me dio la impresión de que algo adentro de ella se había detenido, como el mecanismo de un reloj que inesperadamente en la noche cesa su tictac y ese silencio atronador nos despierta y nos desvela, y no sabemos qué sucede, algo ha cambiado en la oscuridad y la calma atenaza con su mano de sombra. Hasta que comprendemos que ha sido la mudez del reloj, que el tictac que escandía el silencio ha dejado paso a la avalancha sin nombre de lo desconocido.

Laura por fin se movió. Apoyó la espalda en su poltrona bermellón y me miró con sus grandes ojos bellos, sin mover los sobres en sus manos. Bajó los ojos y sólo entonces empezó a barajarlos entre sus dedos blancos. Se detuvo en el sobre con una sola palabra escrita: su propio nombre. Dejó los demás sobre su falda y abrió su carta, lenta y cuidadosamente. Estaba hecha de un papel casi translúcido, como las cartas escritas para viajar por avión, y yo podía ver los arabescos en tinta transparentarse como filas de hormigas fabulosas que se alinean sobre un muro contra el crepúsculo, para esconderse bajo tierra antes de que llegue la noche. Empezó a leer y yo la miraba en silencio. Empezó a leer y desde ese momento las lágrimas comenzaron a descender de sus ojos grandes sin hacer rumor, redondas y diáfanas. No dijo nada, no se movió. Leía y lloraba, lloraba tanto que su blusa de seda gris perla empezó a mojarse y a revelar mapas de desconocidos continentes sobre su pecho menudo. Lloraba tanto que por momentos debía cerrar los ojos para que los mismos párpados enjugaran ese torrente de lágrimas y le permitieran proseguir la lectura. Pero no decía una palabra ni se movía siquiera. Cada tanto, sin levantar los ojos arrasados, pasaba las páginas sutiles con la misma delicadeza con que había abierto el sobre, y comenzaba a leer la siguiente hoja, y seguía derramando tantas lágrimas que los mapas de su blusa terminaron por convertirse en un océano invasor que descendía desde su pecho hasta su estómago, oscuro y mudo.

Yo la miraba sin poder hacer nada. Sabía que no debía interrumpir ese rito, sino dejarlo que acabara solo, cuando se agotaran las palabras y con ellas las lágrimas.

Al terminar la última hoja, Laura dobló cuidadosamente todas y las volvió a introducir en el sobre con su nombre. Metió la lengüeta posterior adentro, como estaba originalmente, y todavía con los ojos bajos, los alisó amorosamente, como se alisa la sábana de un niño muy amado antes de darle el beso de las buenas noches que espanta los temores nocturnos. Puso el sobre con los demás arriba de sus piernas y sacó un pañuelito blanco de un bolsillo disimulado entre las tablas numerosas de su falda. Se secó los ojos con delicadeza pero sin conmiseración, y lo volvió a guardar en su bolsillo. Levantó la mirada y me dijo con aplomo:

—Tienes que repartir los demás.

—Pero hay algunos —dudé un poco antes de proseguir. —Hay algunos —repetí— que no están dirigidos a nadie. Los de la infancia, los abuelos...

—Me los voy a quedar yo —respondió Laura con la seguridad de quien sabe la respuesta antes de que se haya formulado la pregunta.

—Y además —agregué un poco en tono de queja— hay otros a los que no sabría cómo encontrar.

—Vas a encontrar a todos. Es necesario que les des los sobres.

La miré entonces con intensidad, y con un tono que creí irreplicable, le dije:

—Laura, en la genealogía que escribió Julián tu apareces como su hermana. ¿Por qué no me dices la verdad?

Laura me miró a su vez con una intensidad que no le conocía, y sin quitar sus ojos de mis pupilas me respondió:

—Yo no sé más de lo que dicen estos papeles. Yo sé menos que tu.

Y con estas palabras me despidió nuevamente a la noche, a la calle frente a la plaza de las palmeras, bajo el cielo regular y vacío. La dejé en el vano de su puerta, triste bajo la luz del farolito de hierro, tan llena de silencio y de sombra que se hubiera dicho la noche misma.

Empecé a caminar con el paquete de preguntas en mi bolsillo. O tal vez serían respuestas. No lo sabía, pero sí sabía, que los enigmas de Julián estaban cifrados, y que de alguna manera la clave de esos misterios estaba en mí mismo.

Aún no comprendía la precisa alineación de esos astros que mi amigo había lanzado al infinito como dios debe haber lanzado en su solitario juego de dados las leyes del universo y sus esferas al tapete del vacío primordial, pero sentía que en el fondo de ese caos, o en sus límites más extremos, estaban las respuestas, el orden, los porqués. Comencé a tener la certeza de que todo lo que sucedía respondía a un cierto sistema, se dirigía hacia cierta armonía que no era belleza tal vez, pero sí equilibrio. Sin embargo, este orden no respondía a las leyes conocidas, como si hubiera superado un límite tras el cual esas leyes ya no tenían validez y los seres y las cosas se veían allí disparados por una fuerza superior hacia otras dimensiones, estratos de la existencia que no obedecían a la común lógica humana. Yo mismo había atravesado esa frontera, y el dolor de haberlo hecho no podía apagar en mí una cierta paz, una sensación de liberación que se anunciaba cada vez más inminente en mi pecho.

Con los sobres que me había dado Laura metidos en el bolsillo interno de mi campera, me dirigí a casa de Juan José. Caminé con la decisión de quien sabe lo que debe hacer, y esa conciencia me otorgaba una cierta seguridad, un modo de avanzar en esa soledad siempre amenazadora de la noche.

Cuando atravesé la verja de piedra trabajada y las gruesas rejas del jardín de la casa de Juan José, sobrepasé el cantero ovalado y estaba a punto de tocar el timbre de bronce, mi mirada recayó sobre el mosaico de la Virgen a mi derecha. Me acerqué a la imagen y la empecé a observar detenidamente.

Después de la primera vez que había conocido esa casa no había vuelto a reparar en ese mosaico, que me había parecido sencillamente una reproducción aproximativa del estilo bizantino. Ahora que estaba muy cerca, que la podía ver con detalle a la luz de los faroles que atravesaba las ramas desnudas de los árboles, la imagen trajo a mi mente las palabras de Julián sobre el arte medieval y el arte renacentista. Miré aún más de cerca la figura de la Virgen y comprobé que verdaderamente estaba hecha de mosaicos. Acerqué mi mano y acaricié la superficie irregular de la imagen. Era una reproducción de excelente calidad o yo la había mirado muy mal, pero tenía todas las características del arte bizantino. Me alejé dos pasos de la imagen de la Virgen y traté de mirarla con una cierta perspectiva. Las palabras de Julián regresaron como una sentencia a mi mente: ¿en qué lengua estaba mirando esa imagen? Comprobé que todas las irregularidades de los diminutos mosaicos que componían el rostro de la Virgen se borraban a la distancia y adquirían la lisura de una superficie compacta, convincente, en la cual los colores se armonizaban correctamente y causaban el efecto que debía haber buscado el artista. Pensé entonces que el arte bizantino tenía una relación con el Impresionismo. Sonreí de mi propia ocurrencia, como si esa imagen fuera efectivamente bizantina.

Pulsé el timbre de bronce junto a la puerta casi sin dejar de contemplar la imagen del mosaico, con una cierta complicidad. En el fondo ambos éramos producto de mi imaginación. Miré hacia delante cuando Juan José me abrió y nos introdujimos por el zaguán, tapizado de mayólicas verdes y naranja, iluminado por la antorcha invertida de opalina blanca.

Una vez en el estudio de Juan José, le entregué el sobre con su nombre, y lo vi a él también inmovilizarse un instante. Lo miró como quien mira una revelación que ilumina definitivamente su existencia, tal vez para bien o tal vez trágicamente, pero que en cierto modo era algo esperado. Temí que tuviera la misma reacción que Laura, y no dejé de contemplarlo, pero Juan José guardó el sobre en el bolsillo del guardapolvos marrón que solía ponerse cuando estaba trabajando, y con una sonrisa más melancólica que lo habitual me invitó una copa de vino blanco.

Nos sentamos en el colchón familiar, el mismo donde había vivido mi agonía de fiebre, y bebimos. Cuando íbamos por la segunda copa, y esta noche me dio la impresión de que Juan José quería beber en serio, le pregunté a quemarropa:

–¿No tienes curiosidad por leer la carta?

Juan José apuró un largo trago y me contestó sin mirar-me:

–No. Ya sé lo que dice.

–¿Qué dice? ¿Por qué lo sabes? ¿Tu conocías la existencia de estos sobres? Pregunté entonces, no dándome cuenta de que la cantidad de preguntas le brindaba la posibilidad de dar menos respuestas.

–No, no sabía. Pero era de imaginar. Conociéndolo a Julián.

Su respuesta me dio rabia. Hablaba otra vez de Julián como si estuviera vivo y hubiera hecho una travesura.

–¿Por qué era yo el encargado de traerte este sobre? ¿Qué dice?

Volví a cometer el mismo error de cargar las preguntas, pero mi tono era sin duda muy duro, porque tomó aún más vino y miró hacia abajo para decirme:

–Yo no lo sé todo. No sé más de lo que dice aquí.

–No entiendo.

–¿Para qué quieres entender? Cuando uno entiende todo se muere.

Lo miré. –¿Qué estás diciendo? –pregunté casi tocándo-le la cara con mi cara.

–Nada, no me hagas caso. Mira, yo sé menos que tu, siempre sé menos que tu, y me cuesta mucho responder a tus preguntas. Ya voy a leer la carta. Entiéndeme, para mí también es muy difícil. Cuando esté preparado la leo.

Y se levantó para servirse más vino de la botella que guardaba en la heladerita y que parecía que se reproducía a sí misma permanentemente, siempre estaba allí, y nunca se acababa.

Su respuesta me tranquilizó un poco, o al menos aplacó mi enojo. No quería discutir con Juan José, hubiera sido la última cosa en el mundo que hubiera querido hacer. Él y Laura eran mi vínculo con Julián, si vínculo más grande que mi propio recuerdo podía existir fuera de mí mismo. Además no quería perder a Juan José, no quería perder nada, ni un átomo de su existencia que me arrojara de nuevo en el vacío, en la soledad. Podría haber vivido con mis dudas para siempre, pero no podría haber sobrevivido un minuto sin saber que él seguía estando.

Tomamos una botella de vino y Juan José se quedó dormido sobre el colchón. Le acomodé algunos almohadones bajo la cabeza y lo cubrí con una de las mantas que siempre se arrollaban sobre ese sitio de bebidas y charlas. Miré a mi alrededor el estudio de mi amigo y sigilosamente, como un espía que sabe hacia dónde dirigirse para buscar la clave con la que salvará al mundo, o su propia vida, empecé a revisar los dibujos que se amontonaban sobre el suelo, junto a las paredes, unos sobre otros, un poco por todas partes de esa gran habitación. Casi todos representaban torsos, bocetos de manos o caras; había algunas obras surrealistas, con estrellas y planetas, y luces que llegaban desde lugares inciertos. Pero no era eso lo que buscaba.

Seguí mi inspección hasta que, debajo de una cantidad inmensa de papeles lo encontré: era más pequeño que los demás, un dibujo monocromático y casi expresionista en la neta definición de las líneas que recortaban la composición, como si ésta fuera una teoría de navajas cuyos filos acerados hendiesen sus tajos dividiendo la luz y la sombra. Representaba una habitación, o más bien una celda de cemento, con una puerta con mirilla y rejas en la mirilla, y en uno de los extremos un colchón con el bulto de un cuerpo acostado de cara a la pared.

Miré este dibujo largamente, en silencio mi mente, sin temblar, y lo volví a colocar en su sitio. Regresé junto a Juan José y me senté a su lado. Lo observé cómo dormía, con la expresión abierta y luminosa con que duermen los niños, como si sonrieran en el sueño, la boca fresca y los ojos cerrados con confianza debajo de la frente aún despejada. Me quedé a su lado escandiendo con mi espíritu sosegado la breve brisa de su respiración, y yo también cerré los ojos.

El próximo sobre decía Mandinga, y yo sabía adónde dirigirme.

Cuando lo llamé en la oscuridad de la maderera abandonada, sentí casi inmediatamente el fulgor de sus ojos luminiscentes sobre mi rostro. De alguna manera inexplicable se había materializado a centímetros de mi mismo cuerpo, y cuando le extendí el sobre, mi mano no tuvo que recorrer ninguna distancia para alcanzar la suya, que estaba allí, esperando lo que tenía para darle.

—Gracias —me dijo, y noté que su voz, que era precisa y a la cual nunca le había sentido ninguna inflexión de dulzura, ahora estaba teñida de algo que sin duda era humano. En esa sola palabra Mandinga expresó más humanidad que en todas las que me había dicho desde que nos habíamos conocido. Yo no podía casi verlo en la penumbra terrosa de ese sitio, pero sentí que seguía frente a mí, como si tuviera algo que decirme aún, o como si esperase que yo hablara.

—¿Están bien? —pregunté al fin.

—Sí, gracias —la repetición de esta palabra en su boca era la prueba irrefutable de su humanización. Me pregunté cómo haría para leer la carta en esa oscuridad y por un instante lamenté no haberle llevado la linterna de Julián. Al momento lo absurdo de mi reflexión me hizo volver en mí, y entonces comprobé que Mandinga se había alejado, o que no estaba más. Me quedé aún inmóvil en mi lugar, olfateando las sombras, esperando a que volviera. En un cierto modo, Mandinga también era ahora parte de mi mundo, y su presencia también estaba vinculada a Julián. Por lo tanto me interesaba, me salvaba.

Seguí de pie allí mismo no sé cuánto tiempo. Ya no sentía la mirada verde de Mandinga sobre mí. Recordé el paseo con Julián y su historia del abuelo colgado en la viga, y pensé que después de todo tal vez había sido cierto. Como era cierta la realidad que yo mismo me inventaba para sobrellevar la otra realidad, al punto de no saber cuál de las dos era verdadera, o en cuál estaba viviendo.

Salí de la maderera con la precaución que había aprendido de Mandinga, cerré la puertecita disimulada en el portón oxidado, y emprendí mi camino hacia la costanera, a las orillas del canal donde había visto la primera vez a Riqui. Porque el sobre que me quedaba en el bolsillo decía *el hombre del jardinero anaranjado*.

Llegué rápidamente hasta el canal que separa la ciudad de otra ciudad, barrios por los que jamás caminaba y que se me antojaban pertenecientes a otro mundo, a otra galaxia. Estaban del otro lado del cauce de agua.

Como debía haber sucedido la noche en que murió Julián, el torrente era abundante, potente en su amarronado ímpetu que parecía arrastrar todo a su paso, aunque nada hubiera. El agua como una roca con movimiento se desplazaba rugiente y feroz, dura, helada, sin espuma, con ondas amenazantes como bocas abiertas al infierno. Me quedé asomado a la baranda de hierro, mirando la corriente y esperando. Arriba la noche se deslizaba calma y sin pausas, sobre un cielo ininterrumpidamente negro. Hacia mi derecha, tras una plaza de árboles, se divisaba la mole del hospital adonde había llevado una noche a Julián, enfermo él aunque no del cuerpo, según me había revelado la mujer que después aparecería tantas veces en mi camino, la oscura Toribia. A mi izquierda la avenida, dividida en dos por el canal y arbolada con moreras ya deshojadas y aguaribayes que siempre estaban verdes, traía silencio y grisura. Me quedé observando ese vacío en el cual las paralelas finalmente se acercaban hasta encenderse en un centro lejano, lejanísimo, en el cual un ascua parecía hacer las veces de punto de fusión de esas líneas rectas, un hueco ígneo, el origen o el final del universo.

Me quedé observando ese fuego inexplicable que se movía casi imperceptiblemente a mi izquierda. Después de un rato el fuego se acercaba visiblemente, y se movía. Por un instante pensé que el mundo se iba consumiendo con llamas que lo devoraban de manera inapelable. Poco después, el fuego estaba mucho más cerca y no parecía haber consumido nada, sino que por el contrario daba vida con su movimiento circular y a la vez vertical a los esqueletos de los árboles en su entorno, a los otros árboles, los que estaban siempre verdes, al cordón de esa avenida de cemento y hasta a la barandilla de metal taraceado por el tiempo a la orilla del canal. Mi mirada no podía despegarse de esa visión mágica, hasta que vi que, al aproximarse, el fuego se dividía en uno, en dos y en tres fuegos que subían y bajaban, que saltaban en el aire y volvían a un punto que no era el suelo sino algo entre el aire y la tierra.

Cuando estuvo mucho más cerca, pude ver a un hombre que manejaba tres antorchas y avanzaba por la calle. Las antorchas lanzadas al aire regresaban a sus manos con increíble precisión, para girar lanzadas en círculos en los que se entrecruzaban entre ellas mismas, y volvían a levantarse en el aire inmóvil, móviles ellas encendidas y luminosas. Más cerca aún me di cuenta de que el hombre de las antorchas estaba vestido con un pantalón jardinero anaranjado, y era Riqui.

Con sus pasos de resorte y su sonrisa que no era una sonrisa en el rostro jovencísimo y empedrado de intemperies y drogas, Riqui llegó hasta donde yo estaba y apagó las antorchas, a las que recogió una a una en sus manos callosas y las sostuvo desde ese momento como quien sostiene un ramo de calas, con los pistilos hacia abajo. El aire helado de la noche le peinó el cabello verdoso y sin brillo. Me miró con sus ojos claros y se me acercó, me dio un beso en la mejilla que me raspó, tan duros eran sus labios.

—Hola man, ¿cómo estás, qué tal? —me dijo a modo de saludo.

—Tengo algo para ti —contesté metiendo inmediatamente la mano en el bolsillo interno de la campera. Vi sus ojos ratoniles brillar de interés y seguir ávidamente los movimientos de mi mano. Saqué el sobre que le estaba destinado y se lo entregué. Se quedó mirándolo fijamente como si no pudiera creer lo que veía, mientras en la otra mano, las antorchas –calas desfallecían en el aire congelado de la noche.

–No es dinero. Es algo que escribió Julián –dije con dureza, prejuzgando su interés.

Entonces levantó la mirada clara y en ella se empozó un lago de sufrimiento. No había avaricia en ella, sino desolación, una desolación que podría haber devastado el mundo entero. Me sentí culpable por haberle hablado tan duramente.

–No man, esto es lo mejor. Gracias, gracias por traérmelo. –Volvía a mirar el sobre como si yo le hubiera entregado su permiso de libertad después de años de prisión, y en esos momentos me resultó casi simpático, como si ante mis ojos hubiera recuperado su condición de ser humano, con todas las implicancias que ello significaba, y que yo le había negado desde la primera vez que lo vi. Esta sensación me reconcilió no sólo con Riqui, sino también con todo lo que me circundaba en aquel momento, con el paisaje, con la noche inestrellada, y hasta con esa parte de mi misma historia que había quedado relegada a la zona más oscura de mí mismo.

Le di una palmada en el hombro y Riqui me respondió con otra de sus sonrisas devastadas, levantando la mirada del sobre que parecía haberlo hipnotizado. Sonreía y acercando su cara a la mía me dio un beso. Fue un beso como el que le había dado a Julián en esa lejana noche en que los vi junto al canal; esa noche que se repetía innumerable en la vorágine de tiempo y espacio que Julián había abierto en mi existencia. Volví a mirarlo y casi me precipito en el agua opalescente de sus ojos verdes, sus ojos que se licuaban en el cemento helado del invierno.

Me alejé de él y lo imaginé detrás de mí, abriendo el sobre, leyendo con dificultad la letra manuscrita de Julián, y luego reanudando su marcha saltarina por la costanera, con las antorchas como ascuas destinadas a encender el gran fuego apocalíptico que finalmente, finalmente, terminaría con todo.

Quise dejar pasar todavía algo de tiempo para emprender el último paso de mi camino, el camino que había abierto Julián, o la muerte de Julián. Había comprendido muchas cosas desde aquel momento, y aunque todo parecía haberse vuelto un laberinto de enigmas a mi alrededor, dentro de mí sentía que cada cosa tenía un sentido, una significación que daba pie a mi existencia, y que me conducía irrefrenable hacia mí mismo. El último paso sería definitivo, tal vez dolería mucho, pero era el único modo de concluir la historia, la mía y la de mi amigo.

Sentí la necesidad de recorrer entonces los senderos habituales, pasando por las calles y veredas que mis pasos conocían bien, en esas noches llanas de la ciudad, y algunas veces aún me detuve en el bar del tajamar, siempre sentándome a una de sus mesitas sobre la calle, soportando el frío del invierno y contemplando las caras zoomorfas que boqueaban del otro lado de los cristales sucios, en ese interior llagado de sencillez, con atmósfera propia. Afuera, en la tarima de madera manchada, sentía a veces mi mesa como una balsa a la deriva en un inmenso océano del cual no me interesaba divisar las costas, porque me bastaba mirarlas desde lejos, ajeno, en silencio, como quien ha hecho del exilio su vida y ya su única patria posible es la tierra de recuerdos que ha entretejido en su alma en años de soledad.

Otras veces, caminando por calles que parecían repetir los ecos de mis pisadas como si fueran los únicos sonidos posibles en sus veredas de baldosas desiguales, volvía a observar las fachadas de las vetustas casas, ojos cerrados de ventanas y a veces jardines despojados y puertas arrancadas en desmedro de la vida. Pero ya no sentía la curiosidad por entrar ni saber qué había detrás de aquellas celosías. Todo lo veía en otra dimensión, una dimensión que prescindía de la presencia física, porque desarrollaba sus ojos sumergidos en la sombra de la mente.

Regresé a visitar a Juan José y pasé con él muchas horas mirándolo dibujar, bebiendo el vino fresco de nuestro silencio compartido, amigos ambos, ambos solitarios encerrados en universos paralelos que a veces habían sabido intersectarse. Contemplándolo reconcentrado en su arte me pregunté si ése era el Juan José que describiría Julián en la carta a él mismo destinada, si eran sus manos de carne las mismas que de palabras se hallarían encerradas en su sobre, en su sobre con su nombre en el frente. ¿Era eso lo que decía la carta de Juan José? ¿Era la descripción de él mismo, como una fórmula mágica escrita por un demiurgo para que al pronunciarse se hiciera corpórea y adquiriese la apariencia de la realidad?

Para mí todo empezaba a confluir en un solo caudal de hechos que se ordenaban según una clave que aún permanecía oculta en la penumbra. Pero sentía que muy pronto esa clave se revelaría y que la quemante comprensión sellaría la historia completa de mi amigo, que ya era la mía.

Poco después de esa noche, golpeé la puerta de madera bacheada de la casa de Laura, no sin antes verificar la presencia y estado del farolito de hierro del pórtico, que seguía derramando su luz discreta entre los arcos de mampostería. Laura apareció en el vano y me sonrió con un dejo de aflicción, como quien sabe que se trata de la última visita de un ser amado, y se esfuerza para que el recuerdo que quede de ella sea feliz, porque el recuerdo empieza a construirse entre los pliegues descuidados de la vida, en esos momentos que sabemos únicos y que ya están bordando la trama melancólica del pasado.

Nos sentamos en los familiares sillones de terciopelo y Laura me ofreció un chocolate caliente, espeso y exquisito, en un tazón de porcelana inglesa decorado con pequeñas flores azules sobre un fondo color miel.

–¿Estás preparado? –me preguntó mirándome, mirando cómo yo bebía el chocolate.

–Sí.

–Hay cosas… –comenzó a decir, y se detuvo. Dirigió

la mirada solitaria a la mesita con las cajas de metal, como si buscara entre ellas las palabras que habían desertado de su mente. –Hay cosas que no son lo que parecen. O mejor dicho, todo lo que vemos no es lo que parece.

–Lo sé. Ahora lo sé –respondí.

–No son mejores ni peores, porque en el universo no existe lo bueno ni lo malo. Sencillamente son. Para nosotros existe el dolor, y el dolor lo traducimos como algo malo. En el transcurso de todos los ciclos naturales el dolor es parte de los innumerables procesos que llevan a la eterna transformación de las cosas. ¿Sabes? Los seres humanos somos un instante infinitesimal en la historia del universo. No estuvimos antes, y no estaremos después, cuando nuestro planeta se vuelva a fundir en el magma primordial para dar origen a nuevas formas, a otros estados que nos es imposible imaginar. Pero mientras existimos, así, como hombres y mujeres, nuestro dolor y nuestra felicidad nos parecen el centro de todas las cosas. Amamos, y extrañamos lo que amamos quizás por la misma conciencia de nuestra fugacidad. Tenemos un alma preparada para lo eterno, y una vida que ni siquiera alcanza a inscribirse en el polvo de lo pasajero.

–¿Con todo esto quieres prepararme? ¿Tienes miedo de que no soporte lo que vengo a ver? –pregunté con el tazón aún en la mano.

Laura sonrió con una sonrisa aún más melancólica, pero muy dulce.

–Sí, te quiero preparar.

–Ya estoy preparado.

–A veces estamos más preparados para la muerte que para el dolor. Sé muy bien que has comprendido el sentido de todo lo que ha sucedido, y eso te da la fuerza para este último paso. No creas que eres el único que sufre, o que sufrirá. Todos nosotros lo haremos contigo. Nada puede suceder a un hombre que no cambie al resto de los hombres.

–Yo no quiero que ustedes sufran –dije, y posé el tazón ya casi vacío sobre la mesa, junto a las cajitas de metal.

–Está fuera de tu alcance –me contestó Laura, e hizo una pausa larga antes de proseguir. –De todos modos es también, y de cierta manera, nuestra elección. Pronunció estas últimas palabras con la mirada baja, y después de una nueva pausa, me dijo:

–Ven, quiero mostrarte algo.

Atravesamos las tibias habitaciones que daban a la galería sobre el patio embaldosado, en el cual una brisa nocturna dibujaba sombras movibles con las ramas de los grandes helechos que pendían de los macetones de mayólica, pintando y despintando las paredes como un artista ebrio.

Llegamos a la pared de hiedras, tras la cocina final, y Laura abrió la puertecita escondida. Entramos en el patio octogonal en cuyo centro la fuente baja ondulaba su superficie al capricho de la brisa, reflejando el cielo vacío con una profundidad fría y oscura. Laura sacó de su bolsillo una llave y con ella abrió la puerta de la biblioteca secreta. Pasamos a su interior e inmediatamente pude contemplar el falso cielo constelado en la cúpula pintada por la mano diestra de mi amiga, las estrellas que ya no brillaban en el mundo y que habían sido rescatadas allí, en ese templo de las palabras.

–Mira todos estos libros –me dijo Laura señalándome unos estantes a la altura de su mano. –Son tratados de alquimia. Durante mucho tiempo traté de descifrar los secretos de los alquimistas. Pensaba que la piedra filosofal podía ser un escalón en la evolución espiritual de una persona.

Miré los cantos de los libros, vi los nombres de Fulcanelli, de Jacques Sadoul, Saint Germain, El Cosmopolita, Altus, Madathan. Laura también los miraba con una mirada no exenta de tedio, o de ese tipo de desilusión que se experimenta al volver a contemplar el escarpín de un niño amado que ya creció, y que hace tiempo se ha marchado por los caminos de su propia vida.

–Con el tiempo comprendí que la piedra filosofal no estaba en la materia ni en su transmutación, sino dentro de mí misma, que yo era el crisol y el laboratorio, y que los pasos del experimento alquímico eran etapas en mi comprensión –dijo después de un largo silencio.

–Sospecho que no hay fórmulas para eso.

–No, tienes razón. No hay fórmulas. Y nada nos puede hacer menos terrible la quemadura de la verdad.

–Me imaginaba –respondí quitando la mirada de esos libros y llevándola hacia arriba, a los numerosos anaqueles repletos de títulos.

–Todo esto puede estar adentro de ti –me dijo Laura siguiendo mi mirada.

–Lo está. Por eso estoy preparado –le respondí.

Ella permaneció aún contemplando los libros, como si debiera repasar cada título, con lentitud cargada de un cierto afán, como la última vez que leemos una carta.

–Entonces vamos. Ha llegado el momento –dijo y caminó hacia el patio octogonal. Se sentó en el borde de la fuente de mayólicas, y con la mano acarició la superficie del agua. Me senté cerca de ella.

–Mira el agua. En ella está el origen de la vida. Un ciclo que no se interrumpe la une a la muerte, la muerte como parte de la vida misma.

Mientras Laura hablaba yo seguí con la mirada fija en el agua, y poco a poco me sentí embriagado por esa suavidad, por sus palabras, por la mansedumbre del agua oscura. No podía quitar mis pupilas de la superficie de la fuente, y seguía escuchando a Laura, o no sé si escuchándola o sintiendo su presencia junto a mí, su presencia amada y cálida, protegiéndome, acompañándome.

–Lo de arriba es igual a lo de abajo –dijo entonces. –Ninguna estrella desaparece sin dar lugar a nuevos universos.

Laura hablaba y yo empecé a ver en la superficie del agua las constelaciones que desde hacía tanto tiempo habían desaparecido del cielo. Las mismas constelaciones del Hemisferio Sur que Laura había pintado en la bóveda de la biblioteca, pero ahora esas estrellas estaban vivas, titilaban en silencio, o con el silencio que desde la Tierra imaginamos para la inmensidad cósmica. Yo miraba ese prodigio y no podía apartar mis ojos de esas estrellas. Laura hablaba, o estaba en silencio, no lo sé, pero sentía su cálida presencia a mi lado, y eso me bastaba.

Fue entonces cuando entre la luz palpitante de esos astros apoyados en el agua, empecé a distinguir algo, una imagen. Poco a poco se dibujó frente a mí una calle, una calle muy larga bordeada de altos álamos, y allá en el fondo, donde los árboles se empequeñecían y se juntaban, una figura humana que avanzaba en mi dirección. Yo estaba de pie en esa calle, de pie entre las paredes de álamos bajo las innumerables estrellas del sur y un hombre se acercaba lenta y seguramente hacia mí, casi sin ruido. Era Julián. Pude ver su rostro blanco y hasta su cabello claro bajo el fulgor de las estrellas. Era Julián que se aproximaba y mi corazón estaba tan exaltado que me quitaba la respiración. Latía en mi pecho con tal intensidad que hacía vibrar los altos álamos de la calle y hasta el cielo estrellado. Julián que se acercaba con su sonrisa apenas dibujada y su mirada grande y penetrante. Se acercaba y yo lo esperaba inmovilizado sin poder pronunciar una palabra.

Hasta que se detuvo frente a mí, tan cerca que podía sentir el aleteo de su respiración sobre mi cara, mientras me traspasaba con sus pupilas intensas y sin palabras. Yo aterrorizado y extasiado sin moverme sin posibilidad de decir nada y sin embargo vivo. Entonces Julián dio un paso más y sucedió lo imposible: su cuerpo entró dentro de mí, su rostro, su torso, sus piernas y todo Julián se introdujeron en mí como se introduce una imagen dentro de otra idéntica y por un instante se superponen y luego se corrigen y son una sola. Así Julián y yo fuimos una sola persona y de repente todo el cielo los álamos la voz imperceptible de Laura la fuente y la noche se precipitaron en un abismo sin fondo en el que caí sin remedio caí hasta el infinito, extasiado de terror, y cerré los ojos.

–Señorcito. Señorcito, despiértese por favor –la mano oscura de Toribia me tocaba el hombro. Yo tirado sobre un colchón junto a la pared. La mujer con un trapeador en la otra mano y la cara andina sobre mi cara, ella una expresión esculpida y doliente atada al cabello tirante y negro.

–Señorcito, que tiene que despertarse y tiene que comer porque si no se me va a morir usted. –Decía y apoyando el trapeador en una pared gris y sucia tomaba un plato de metal y una cuchara y me la acercaba a la boca que me dolía mucho, como me dolían las manos, las piernas, el estómago horriblemente.

No quería comer, pero sonreí, sé que logré sonreír y la mujer que me acercaba el plato y la cuchara lo notó, y yo quería que lo notara, porque la sonrisa era para ella. Dejó el plato y me acercó un vaso a los labios. Cuántas veces había hecho ese gesto, tan simple y sin embargo tan indispensable, como los verdaderos gestos humanos. Ella, la única cuidadora de mi vida en esa celda, la celda gris que había soñado en los dibujos de Juan José, en la acuarela de Julia. Toribia me acercaba a los labios resecos un vaso de vidrio, lo sentí en la frescura del material sobre mi boca abrasada. Era un gastado vaso de vidrio que seguramente debajo tenía escrito en relieve *industria argentina*. Quise volver a sonreír pero el esfuerzo era demasiado. Sin duda era el vaso de Julia también éste, y el vaso del bar del boxeador.

–Ya va a estar mejor señorcito, tiene que comer alguito por favor –me repetía.

Entonces con un esfuerzo descomunal, me incorporé a medias sobre mí mismo, y metí una mano martirizada debajo del colchón que me servía de cama, entre las mantas arrugadas que se aplastaban contra el suelo, hasta que encontré lo que buscaba: un fajo de cartas.

–Toribia, llévese estas cartas, porque yo de aquí no salgo. Ya está por acabarse todo –le dije tomándole la mano con mi mano libre, y acercándole el fajo de papeles con la otra.

La mujer me miró con sus ojos de obsidiana, lucientes y húmedos, y contempló los papeles con un poco de horror. Inmediatamente giró la cabeza hacia la puerta, que estaba abierta y tenía una mirilla de metal. Volvió a observar los papeles sucios y ajados, escritos a mano, y con un gesto de inusitada velocidad los escondió en el pecho, debajo del delantal gris. Me contempló de nuevo con sus ojos oscuros, mansos y sin embargo muy fuertes; había en ellos piedad, y se lo agradecí profundamente.

Poco después el vano de la puerta se ensombreció y recortada brutalmente en el espacio rectangular de luz, una silueta dijo:

–Vamos, que ya le toca.

Toribia me ayudó a levantarme y su calor me dio la fuerza para ponerme en pie. Abrí los ojos tras un indecible empeño y cuando mis pupilas se acostumbraban al aire entumecido de la celda, divisé en el techo plano atravesado por alguna trizadura del cemento, el farolito de hierro que despedía su miserable luz en ese antro cuadrado de cuadrada tortura. Acaso no había pasado días y noches, si es que días y noches podían existir en esos subterráneos de perenne oscuridad, mirando el farolito e imaginando que era el mismo, el mismo farolito de la casa de Julián y el mismo de la casa de Laura. ¿El cielo gris no era acaso ese techo gris, y ese pasillo no era ahora las calles de la eterna noche de la ciudad?

Toribia me ayudaba y noté que sus manos encallecidas temblaban cuando me entregó al uniformado que me esperaba en la puerta. Salí de mi celda con sus ojos negros y su silencio clavados en mi espalda, y empecé a recorrer penosamente, por enésima vez, ese pasillo bajo, con un techo liso, oscuro y silencioso. Me escoltaba su cielo sin estrellas. Miré las puertas de las otras celdas, semejantes a fachadas cerradas a todo reclamo de la vida, dejando escapar únicamente un resplandor agonizante y frío. Esas fachadas que siempre estaban en silencio, las fachadas de la Cuarta, de las casas allanadas, de las habitaciones arrumbadas en el pasado brutalmente, con un golpe de mano, para ser arrojadas después en ese basurero al que la dictadura había condenado al país.

Caminé lentamente, doliente, sabiendo que era la última vez.

Un hombre con delantal blanco me esperaba en una sala. Me sonrió. Sus grandes ojos azules se agrandaron y mostraron una pupila oscura como un pozo; qué imaginación, alcancé a pensar, darle a un gato los ojos del torturador, y darle al torturador los ojos de un gato. Y mientras la música de Händel escapaba del interior de la habitación metálica, iluminada a pleno, me dijo:

–Buenas noches. A ver si ahora hablas.

Una gran tranquilidad ocupó mi cuerpo martirizado como ocupa el agua de un río que se despierta, el cauce seco que lo esperaba desde hacía tiempo. Todas las piezas encajaban ordenadamente en su lugar, la realidad cobraba sentido y ya no era dolorosa. Nada podía ahora hacerme daño, porque ésta era la última noche y no habría próxima vez, y porque había atravesado ese límite tras el cual seres y cosas adquieren un significado diferente, otra luz los ilumina y las leyes que hasta entonces nos parecieron inmutables y universales se disuelven en el aire nuevo, para dejar paso a la posibilidad, a lo que nunca hubiéramos podido concebir antes. Una vida después de la vida, tal vez, o simplemente la muerte.

GLOSARIO DE TÉRMINOS
Español - Argentino

acabas - acabás: 97
acuerdas - acordás: 77
ándate - andate: 166
apareces - aparecés: 184
aquí - aca: 27, 68, 80, 90, 115, 128
autobús - ómnibus: 113, 114
ayúdame - ayudame: 169
cierra - cerrá: 156
conductores - chóferes: 113
conoces - conocés: 64, 108, 148, 157, 162
creelo - creélo: 98
crees - creés: 58, 128
cristales - vidrios: 52, 63, 89, 90, 108, 109,125, 127, 141, 142, 151, 193
cuida - cuidé: 156
deja - dejá: 167
dices - decís: 98, 107, 140, 166, 184
digas - digás: 59
dime - decime: 98
dinero - plata: 77, 80, 192
en cuanto - recién cuando: 148
encuentras - encontrás: 31
entiéndeme - entendeme: 187
entiendes - entendés: 16, 30, 34, 66, 97, 152
eres - sos: 57, 169, 196, 148
escuchas - escuchás: 94, 156
espera - esperá: 149
frigorífico - heladera: 90, 94, 102
hablas - hablás: 93, 201

hagas - hagás: 187
imaginas - imaginás: 98
la mató - matómalo: 161
lee - leé: 173
llamas - llamás: 76, 143
mayores - viejitos: 69
mira - mirá: 32, 56, 57, 58, 93, 100, 156, 187, 196, 197,
necesitas - necesitás: 137
padre - papá: 52, 67, 68*
pasa - pasá: 48, 168
piensa - pensá: 91, 92, 163
presta - prestá: 33
puedes - podés: 55, 92, 95, 97, 112, 142, 169, 172
quieres - querés: 25, 59, 98, 103, 107, 138, 140, 149, 156,
166, 187, 195
sabes - sabés: 48, 49, 55, 60, 81, 90, 92, 97, 99, 100, 105, 107,
112, 123, 149, 162, 169, 187, 195
sientes - sentís: 94, 140
suelo - piso: 74, 89, 90, 123, 124, 127, 128, 130, 131, 136,
138, 148, 153, 154, 170, 175, 177, 178, 179, 181, 116
ti/tu/contigo - vos: 31, 58, 59, 80, 91, 92, 93, 96, 97, 100,
104, 105, 106, 107, 123, 124, 127, 138, 142, 156, 166, 167,
168, 169, 172, 184, 187, 191, 195, 197
tienes - tenes: 20, 32, 76, 91, 92, 97, 108, 112, 142, 156, 166,
184, 186, 195, 197
ven - vení: 196
vendes - vendés: 92
¿cómo estás, que tál? - ¿qué honda?: 192

OTROS TÍTULOS DE LA COLECCIÓN

Se terminó de imprimir en los talleres gráficos de Editorial Zumaque en Polígono Industrial El Retamal, parcela 6, vial B de Alcalá la Real (Jaén). en diciembre de dos mil diez.

Su opinión es importante. En futuras ediciones, estaremos encantados de recoger sus comentarios sobre este libro. Por favor, háganosla llegar a través de la web: www.alcalagrupo.es